最帥的父親

劉洪貞 著

在春暖花開的美麗季節
謹以此書
獻給我最敬愛的高堂老母
黃月雲女士
並祝福她
平安喜樂

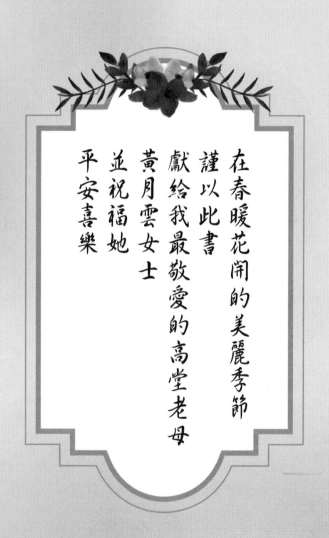

推薦序

父蔭是薰風

監察院院長辦公室主任　劉省作

家姊又要出書了，這是她的第八本書，值得擊節！

家姊成長於一九四〇年代的台灣農村。掬著山泉渠道的水喝，仰視毫無遮蔽的天際線，人是一貫的忙碌，景是亙古的悠閑，聚落星散，舉目四望，沒有一棟樓房，鄉親們簡單、樸實、知足、互助，這就是我的故鄉美濃，也是近三百年前，來台祖先奠基之處。

當時的美濃，與千百年來的農村，實在沒有很大的差異。婦女是藍衫黑褲，頭綁紅髻，孩童或在泥地，或在田野玩耍或幫忙農事；農田裏，隨季節的變異而使用各種不同的工具，種不同的莊稼。日出而作，日入而息，偶爾夜間也有點燈放水灌溉的日子；全年無休的忙碌，是靜謐的和諧，人與人如此，人與天地也如此，四散的禽畜，則是其間的點綴！

表述這些，旨在說明家姊成長的背景；加上甫成年即在媒妁之言下，奉父母之命成婚，從此嫁作人婦，為媳、為妻、為母的操持，無不盡責。在忙裏偷閒的零碎時間，勤於筆耕，到如今，名列客家文學家名人堂，其為文論述，在平鋪直敘中，本分、有同理心及質樸的內涵精神，正是客家美濃情懷的展現。

家姊的文章，不拘題材，旨在訴說小市民身邊的人、事、物，以簡單的文字，表達傳統為人處事的規則、樂趣與堅持；把倫理人情及四維八德的具體行止，化成文字故事。熟悉的人物、場景，稍不經意，即成過去；但是，透過文字的表述、傳遞，就可能引起共鳴，喚起記憶，改變觀念，化成行動。它的影響可以是個人的點，也可能是層面極大的面，文章千古事，立言之功在此。

《最帥的父親》一書的出版，循例將家姊散見於各媒體的文章分列為〈親情篇〉、〈生活篇〉、〈互動篇〉，文字淺顯，期望能助益於世道人心；作為家中么子的我，感觸殊深。先父善平公睿智而友愛，童年的流離顛沛，從台灣到日本，一路半工半讀，雖學有專精，但在戰亂的年代，實難以有效發揮；青年期在殖民社會的回歸懷抱中，隨即因政治的專制與兩岸的波詭雲譎，平淡度日。這一代的人，有太多身不由己的苦難，在兵燹的蹂躪中，英雄無淚，百姓塗炭，路有餓殍；在政治的風聲鶴唳裏，讀書、就業與交友，皆有著不同程度的非常考量。套一句長輩轉述的話：「一把好犁掛在牆上！」英雄無用武之地，固然是個人的悲哀，何嘗不是國家社會的損失！但比起一九四七年後在那風起雲湧中，莫名失蹤或喪命的人，此類的幸運在某些人身上，也許是更深沉的悲慟！

先父的好，在故鄉鄰里長輩、同事、友人口中，是難能可貴的好，對他的思念，非僅存在我等為人子女者，甚多叔伯姑表每每論起，總是豎起大拇指指陳歷歷、感懷再三。因此，我總常常在不經意間，想起父親的思維理路與對人對事的起心動念，引領我在技職領域努力不懈，再轉換到多年的宦海生涯，堅持前行。感謝雙親的恩慈，扛下苦難，走過那一大段不確定的年代，帶給我們姊弟平穩無缺的日子；也謝謝家姊，給我一個反芻思緒的機會。這讓我更能體會蘇東坡先生在「江城子」一詞中的話語：「十年生死兩茫茫，不思量，自難忘；千里孤墳，無處話淒涼；縱使相逢應不識，塵滿面，鬢如霜。夜來幽夢忽還鄉，小軒窗，正梳妝；相顧無言，惟有淚千行。料得年年腸斷處，明月夜，短松岡！」夫妻情深與父子至性，原來情到深處一般澄明。慶幸典型長在，先父的蔭照，彷彿是春風般，時時拂來祥和之氣，溫暖我心，給我勇氣。

自序

故事從這裏開始

劉洪貞

自從「信義誠品」在我家附近設店後，它成了我閱讀的好去處。因為我喜歡沉浸在滿滿的書海中，始終覺得那是知識的殿堂，有挖不完的寶物，需要去探索，值得去尋找。去沐浴在陣陣的書香中，享受那心靈的最佳饗宴。

每次找到自己喜歡的書，就如獲至寶般的開心。帶回家後會一再地閱讀，即使讀它千遍，也不會厭倦，因為每讀一遍，就會有不一樣的領悟。那樣的溫故而知新，是份難以言喻的趣味和快樂，唯有愛書人，才能有那份體會。

或許是常常沉浸書海，對書有份敬愛和珍惜，所以每翻閱一本書，我都會非常歡喜，也非常感謝作者。是他們的用心和努力，才能讓讀者有機會增長知識和分享喜悅。就因那份莫名的崇拜，讓我燃起提筆為文的意念。

記得好些年前，我無意中在該店的「台灣文學區」推薦處，看到自己的書和許多名作家的鉅著擺在一起時，我真的很驚訝。那驚訝也無形中帶給我很大的動力，當下期許自己必須繼續努力。

從那以後我寫得更積極，只希望把自己看到的，屬於有建設性的、正面的、溫馨感人的，都躍然紙上，透過媒體的發表，來分享給更多的讀者。

就這樣，許多身邊朋友的故事，只要能讓讀者讀後可以帶來好的能量，或得到一些信心，或是能帶來會心一笑，我都覺得很值得，願意寫下來。就這樣日積月累，一本書又誕生了。

這次收集在本書中的篇章，都是近年發表在《國語日報》、《自由時報》、《醒世雜誌》、《月光山雜誌》、《人間福報》和《聯合報》的作品，分成〈親情篇〉、〈生活篇〉、〈互動篇〉等三輯。

在〈親情篇〉裏，大多是一些親人互動的趣事，以及一些兒時記憶。或許是年歲漸長，有感於大環境的改變，不管是親情的互動，或生活的方式和觀念，都和過去有很大的落差。

自序

所以每當想起從前，雖然生活過得簡單清苦，卻很容易知足，日子還是快快樂樂的。如今想來特別懷念，於是多了幾篇陳年往事，如〈竹園舊事〉、〈黑板上的名字〉、〈兩截蠟筆的啓示〉，以及〈爸爸的吃魚哲學〉。

而〈最帥的父親〉是參加父親節徵文入選的一篇短文。雖然父親離世多年，但一直以來，對父親的感恩和懷念，從不因日子的消失而減少，相反地，思念之心更深更濃，也因此就以它為書名，算是對父親的思念，作一個最好的見證。

在〈生活篇〉裏，把周邊的所見所聞，用感恩和好奇之心記下。不管是〈萬里姻緣一線牽〉，或是〈開心農場樂趣多〉，抑或〈市場趣事多〉、〈看看就好〉，都希望讀者能從字裏行間中讀出趣味，並帶來一絲啓發。

在〈互動篇〉裏，我從人與人的互動中，看到真情的可貴，以及生命的無常和無奈。不管是〈老母與么兒〉、〈外省仔女婿〉，或〈模範父親的背後〉、〈殘缺的愛，不變的情〉，以及來自〈病房〉的點點滴滴，在在的提醒著大家，能平安過日子，真的很幸福，要好好珍惜。

再一次的出書，我又要再一次地感謝父母，給了我最珍貴的言教和身教，讓我懂得感恩惜福，凡事能以同理心看待。或許因為有了這樣的特質，我才有一篇篇作品的產生，也成就了一本本書的出版。

這次小書能順利出版，要感謝生智文化事業有限公司的閻總編輯富萍小姐鼎力相助，以及小弟省作在百忙中撥冗賜序，還有好多識與不識的朋友們，一直以來不斷地給我鼓勵，讓我可以開心揮灑，這些都是讓我感激不盡的。

又是新一年的開始，在此特別獻上最深的祝福，祝福所有親友讀者們，萬事如意、平安喜樂。

目錄

第二輯

生活篇

目錄

第三輯

互動篇

目錄

第一輯

親情篇

牽手

媽媽九十多歲了，我經常回娘家看她。每次一見面，我會習慣性地先握住她的手，對她甜甜地一笑。再撥撥她的頭髮，拉拉她的衣領，然後告訴她：「您很棒！氣色好好哦！加油！」

她也會對我展現慈顏，彼此沉浸在相見歡的喜悅中，我們很為每一次的見面，感到開心和珍惜。

坐在客廳陪她聊天時，我也很喜歡把手伸過去，抓住她的手輕輕地按摩，有時捏捏或拉拉她的手指，希望藉著這些動作，可讓媽媽更健康、更有活力。

每一次捏著她的手，我都告訴她：「您的手越來越光滑，像小姑娘一樣的細緻喲！」此時她會露出靦腆的笑容說：「這倒是真的。」

以前她在賣早點，每天要刷洗很多鍋杓，她不習慣戴手套，偏偏洗潔精很毒，造成她的手整年都有破皮的部分，裂開露出鮮紅色的肉，一碰水就痛，但她還是忍著。這兩年不再賣早點，手少接觸清潔劑了，自然就健康好看。

媽媽一輩子都在種田，她很感謝土地公一直以來的保佑，因此每天早上都要到附近的土地公廟拜拜。她覺得每天能向土地公說聲「早安」，是種田人必須的禮貌，是很重要的，畢竟土地公是管土地的大家長。

每次回家，一早起來，我一定陪媽媽去向土地公上一炷香。由於鄉下地方土地公廟分散在不同的地段，我們必須來回在鄉間小路上走一個多小時。在行走的過程中，我會牽著她的手邊走邊聊。

我之所以喜歡常常牽媽媽的手，是因為我感覺當母女的手相疊時，可以感受到媽媽力氣的大小，力氣大代表她很健康，我可以很放心。另外也可以從她喜歡抓緊我的手，感受到她怕孤獨，抓住我的手就彷彿抓住一份安全感，所以我很樂意找機會牽媽媽的手。

牽媽媽的手，是讓媽媽體會到母女親情的律動，那是血緣，是深情無價的，也要讓媽媽知道人老並不孤單，她的子女們隨時都在關懷她，並永遠祝福她。

104.11.17 《人間福報》

難忘的知性之旅

由於家裏是大家族，大家又分居南北，所以一年難得見幾次面，這次因有從國外回來的家人，所以特別約好，來個南北大會合，為了節省能源，為了大家有更多相處的時間，就請一輛中型巴士，去遊「清境農場」。

雖非周休上山，但因為是暑假，所以山上人很多。由於山上海拔高，氣候涼爽，空氣新鮮，視野寬闊，因此每個人一上山，都盡情地放鬆，不管大人小孩，跑跑跳跳，歡樂異常。有人為了要超越別人，大人踩草坪，小朋友跟著踩，對旁邊立著的「禁止進入」牌子視而不見。在餵小綿羊青草時，是要隔著圍籬的，但有些家長就是要把綿羊抱過來，弄得羊兒咩咩叫。當我遇上諸如此類的事時，都會給家裏的小朋友做最直接的機會教育，讓他們知道，有些事為什麼不能做，因為會造成傷害。孩子們因親眼目睹，所以可以瞭解。

在用餐時有的小朋友會跑來跑去或大聲哭鬧，這時我也會告訴小朋友一些用餐的禮儀，包括說話聲音不能影響別人，吃自助餐排隊拿菜，都要耐心等待，不能隨意插隊，在野外賞花看表演時，也都要守秩序，這樣才會有好心情，欣賞天然美景，享受旅遊的樂趣。

我覺得旅遊就是這樣，大人舒展了身心，也聯絡了感情，孩子們也因為這次的出遊，接近了藍天白雲，認識了很多高山植物，也學會了很多公民道德，相信這是一次既有趣又很有收穫的知性之旅。

102.8.4《國語日報》

差一點，沒關係啦！

二〇年代生在鄉下的爸爸，注音符號不識幾個，要跟在眷村生長的子女相處，在語言的溝通上，是常常鬧笑話的。

從我們學吃飯開始，就常聽他說：「粗飯了！」當時我們搞不清楚，到底是吃飯，還是粗飯。有一回他看電視，忽然大叫一聲說：「罵煩！這是很辣手的！」我們不知道，他有什麼罵煩很辣手，後來才知是麻煩、很棘手啦！就這樣，我們常被弄得啼笑皆非。

每次我們建議他要改進，他就說：「差一點，沒關係啦！為什麼那麼計較？人家電視上不是說，親戚不要計較嗎？」好像也有道理耶。前幾天我要出門，他問我去哪裏，我說：「我去儲蓄。」

後來有朋友找我，結果爸爸告訴她：「她是雛妓。」朋友一頭霧水，打了手機問我何時變雛妓了，後來才弄清楚，爸爸把「她去儲蓄」說成「她是雛妓」。

爸爸就是這樣，常為了發音或咬字不清鬧笑話，但我們習以為常，把它當成親子的趣味互動。

老爸雖常鬧笑話，但他永遠是我們心目中最偉大可愛的爸爸。爸爸！我們都愛您！

102.8.7《國語日報》

你漏氣，我就爭氣

記得孩子們剛有作文課時，或許寫得不錯，所以老師希望他們可以練習投稿。

有一天當我看到孩子們的文章陸續被刊在報上，我也興起和他們一起投稿的心願。另一半知道後，很不以為然地說：「妳沒有好學歷，寫的文章有人要嗎？」當我聽到這句話，心中一陣沁涼，但立刻告訴自己，不能因為不被看好就放棄。我必須認真和努力，給自己一個機會試試看，也要讓孩子感受到我不放棄的決心。

就這樣，我常常在工作之餘或陪孩子做功課的時間寫寫稿，認為有建設性的，就投給報刊或雜誌。或許我不是科班出生，沒什麼壓力，因此每次投稿，都當作一個磨練文筆的機會，能被錄用算是運氣好，若被退稿，也沒什麼好難過的，繼續加油就對了。

因為一直很努力，幾年下來，發表過數百篇文章，已出版過七本散文集，其中第五本《微溫的蔥油餅》（正中書局出版），還獲新聞局選為九十八年度國中小學的優良讀物。也因為不斷地有作品發表，我被選入客家文學家名人堂。

我常覺得夫妻間偶爾互相調侃、開開玩笑無傷大雅，但在漏對方氣的同時，能注意一下當時的氛圍，若有外人在，調侃的言語就得婉轉些，免得無意中傷了對方的自尊，造成不愉快。

畢竟不是每個人禁得起玩笑。有人會化阻力為動力，變得更堅強、更努力，有人會老羞成怒，與其傷和氣，何不選擇皆大歡喜？

103.2.9《自由時報》

圖文並茂的剪貼簿

每年溫馨的五月一到，到處就可看到無奇不有的慶祝母親節的廣告，有蛋糕、旅遊、化妝品、服飾，還有大餐廳的優惠訊息等等，反正不管吃的、用的、玩的，真是應有盡有，每個行業都卯足了勁，希望在這個偉大的日子，多增加一些營業額。

每次看到令人眼花瞭亂的促銷宣傳，我都會想起曾收過的最最珍貴的禮物，那是一本圖文並茂的剪貼簿。從孩子們認識注音符號開始，家裏就訂了《國語日報》。一開始我每天陪孩子們讀報紙，不會讀的隨時給予指導，讀一陣子後，開始讓他們學習剪貼。

每人都有一本剪貼簿，只要覺得有趣的，不管是精彩的文章或是圖畫，都可以貼起來保存，有空時再拿出來溫故而知新。孩子們看過一陣子報紙後，開始練習投稿，剛開始常被退稿，但我鼓勵他們不要失望，要繼續加油。經過無數次的磨練，逐漸有了進步，當作品被刊出時，他們就會剪貼在屬於自己作品的本子裏。

每天陪孩子們讀報、投稿，我這個當媽的也不得閒，也經常投稿，偶爾運氣好，我們母女的文章同天刊在不同的版面上，別人以文會友，我們家來個以文會親，挺有趣的。

由於我寫得比較勤，所以經常有文章發表在不同報刊，因此我的剪貼簿貼滿長長短短的文章。

有一年母親節時，小五的女兒送我一本貼滿我作品的剪貼簿。我打開一看，驚訝得說不出話來。原來一直以來，她每天下課時，經過學校門口的書店，就會去翻閱我常投稿的報刊和雜誌，如果有我的作品，她就請老闆幫她影印一份，貼在她自己設計的剪貼簿裏，然後依文章內容，用彩色筆畫插圖，並記下發表的報刊名字和日期，這些事我一直被蒙在鼓裏。

看著這本世上絕無僅有、圖文並茂的剪貼簿，我知道女兒的用心，除了窩心就是感動，因為這是我生命中最珍貴、最別致的禮物。

103.5.10《國語日報》

黑板上的名字

家裏的大門後面，掛了一個白板，因為家裏每個人工作的時間都不一樣，所以要加班的、要出差的，都會在白板上留言，好讓家人知道後放心。

每次在板上留言，寫下自己名字的一剎那，或每次回到家，看到家人在留言板上的名字時，我都會想起以前老家附近的雜貨店裏，牆上那塊小黑板，那上頭常常有我父親的名字。

小時候父母務農維生，平時沒什麼收入，一切的生活費用，只靠一年兩季的收割稻穀。若一年裏風調雨順，穀子收成好，一家只要省吃儉用，就可以勉強過日子。若收割前來個風災，或連續下個幾天雨，在收成銳減時，日子肯定難過。

然而再怎麼節省，生活離不開柴米油鹽醬醋茶，家裏沒有收入就沒有錢。在這種情形下，到雜貨店買日用品就付不出錢，只好用賒的。

鄉下的雜貨店，貨色、種類樣樣齊全，大到一袋六十公斤的肥料，小到一根針、一粒扣子都有，所以家裏缺什麼，就往雜貨店裏去。

我在家中排行老大，父母整天下田工作。我從六歲開始，就要照顧弟妹，順便煮晚餐。家裏臨時缺了鹽或少了醬油，媽媽要我去雜貨店賒帳，等家裏有收入時，媽媽再去還。

開雜貨店的老爺爺是受日本教育的，每次我去買塊肥皂或買瓶醬油時，他就會在黑板上寫下父親的名字，再用日文記下我當天賒的數目。我看不懂日文，只知道父親名字底下，就是我家欠的帳。

每次去賒帳，看到黑板上父親的名字還在，我都把頭壓得低低的，總覺得舊帳未清，又要加新帳了。老爺爺很慈祥，每次看到我，總是親切地問我：「妹妹！今天要什麼呀？」每當他把我要的東西交在我手上時，我除了向他深深一鞠躬，說聲「謝謝」之外，也會加上一句：「爺爺！過幾天媽媽會送錢來。」此時他會笑著摸摸我的頭。

雜貨店的帳賒了又清，清了又賒，父親的名字就這樣一直出現在雜貨店的黑板上。這樣的日子不知過了多久，我只記得隨著年紀漸長，每次進雜貨店，看到父親的名字時，我都會告訴自己，要盡快地長大，快一點，再快一點。長大後要努力地工作，來分擔父母的經濟壓力，讓父親的名字早日從黑板上消失。當我們這群孩子慢慢成長後，家裏的收入多了，父親的名字終於不在黑板上了。

雖然過去父親的名字經常在黑板上，曾經讓我很難過。明知那是生活的無奈，也是父母不得已的苦衷，但小小年紀的我卻很在意。我會不斷地告訴自己，生活是現實的，要努力地工作才會有收入，有收入生活才會有保障。

或許是我一直有這份體認，也深深地瞭解金錢的重要，所以我一直很認真地學習專業技能，讓自己有更好的就業籌碼。進入職場後，我發揮所學，珍惜得來不易的工作機會，只希望能有穩定的工作，讓家人能無憂地過日子。

曾聽過「人生難得少年窮」這句話，剛開始我無法體會它的深意。自從我頓悟之後，如今的我真的很感謝自己曾經有過那段歲月，才能讓今天的我除了能勝任工作外，還能知福惜福，也能以感恩之心，面對自己所擁有的，並樂意為身邊有困難的朋友，付出微薄的心意，更能以樂觀的態度、滿足的心情，每天快樂地過著簡單幸福的生活。

104.11.8 《聯合報》

酒矸倘賣無

那天回娘家，向晚時分搬來兩把藤椅，陪九十多歲的老媽媽，在三合院的曬穀場聊天、曬曬冬陽。聊著聊著隱約地聽到一聲聲「酒矸倘賣無」的叫聲由遠至近。

聽到那小時候常聽到的聲音，忽然間感覺走回了時光隧道。隨著聲音的清晰，媽媽好像想起了曾經在這兒發生的故事。

她告訴我，以前來收酒矸的都是老伯伯，騎著腳踏車，後架上綁了一個大竹籃，是用來放收買來的破銅爛鐵。前面龍頭上掛著的籃子，放了一桶麥芽糖，一盒比竹牙籤大一倍的竹籤，以及一塊沾了水的濕布。

阿伯邊騎車邊搖鈴鼓，順便拉大嗓門喊著：「酒矸倘賣無！酒矸倘賣無！」然後把車子停在這裏。

院子裏的孩子聽到聲音，都會跑過來看看。有的人會趁機回家，找一些破損的鍋勺，或擠完牙膏的空盒子，來向阿伯換支麥芽糖。

記得我念小一的暑假，下午四點多，阿伯又來了，我們十幾個堂兄弟姊妹，就一窩蜂地湧進曬穀場。不一會兒，大伯的兒子二堂哥滿身大汗地提著一個又黑又舊的小茶壺來。阿伯把茶壺轉了轉看完後，放入他的竹簍裏。接著把手在濕布上捏了捏，左手拿起竹籤，右手捏起麥芽糖，一邊拉一邊往竹籤上繞，約像大拇指般大時，就交給堂哥。

堂哥接過麥芽糖，笑著看看大家，然後把它含在嘴裏，約三秒鐘之後又拿了出來，讓他弟弟含一下。就這樣，兩兄弟旁若無人地輪流享受著甜甜的麥芽糖。

接著四伯的女兒也拿來了一個已經用到生鏽發黃的破鋁蓋，阿伯又同樣地看了看之後，給了堂妹一支麥芽糖。

看著他們拿來舊東西就有麥芽糖吃，我強忍的口水終於溢出了兩邊的嘴角。我兩手牽著五歲和三歲的弟弟，也想回家找東西來換，但家裏家徒四壁，真的什麼都找不到。

於是我走到後院，看到一個比泡麵的碗矮一些、面較寬的小鋁盆。那是媽媽用來放水給雞鴨喝的，它身上長滿青苔，底下凹凸不平，放在地上都斜斜的。

我順手拿著它去交給阿伯，還告訴他我要換三支麥芽糖。他看了看我們姊弟，就各給我們一支像葡萄乾大小的麥芽糖。

拿到麥芽糖，我們又跑又跳地衝進祠堂，和堂哥、堂妹一起坐在拜拜用的高腳長凳上，兩隻腳不停地晃在半空中，大家邊吃邊聊好不開心，度過了一個最難忘的午後。

天色漸漸暗了，我們各自回家，父母們也陸續地下田回來。記得剛進門不久，才聽到大伯要泡茶找不到茶壺，怎麼才一回兒，就聽到堂哥的哀號以及求饒的聲音。

接著又聽到四伯家堂妹的哭叫聲。從伯母怒罵中，我聽到她要煮菜時找不到鍋蓋，一問之下才知道，堂妹把它拿去換麥芽糖了。

由於是住三合院，哪家打孩子，就把孩子拉到曬穀場，因此只要有個風吹草動，家家都知道。所以聽到堂哥和堂妹的哭聲，我知道接下來就輪到我了，我好害怕，不知道該怎麼辦。

想了好久，我忍不住走到正在炒菜的媽媽身邊，希望向媽媽道歉。但當我一靠近媽媽，顫抖的小手抓住媽媽的衣角時，我未語淚先流，而且抓著衣角的手越抓越緊。

媽媽發現我這反常的舉動，回過頭來問我怎麼啦。我啜泣地說：「我下午看到別人吃麥芽糖時，就好想吃好想吃，所以把放水的小盆子，拿去換麥芽糖了。」說著說著便放聲大哭。

媽媽聽了先是愣了一下，然後蹲下身來，邊用大拇指抹去我的眼淚邊說：「家裏的東西都是需要用的，沒有多餘的。下回看到有人在吃東西時，妳就帶著弟弟離開……」我聽了頻頻地點頭，也把媽媽的話謹記在心，從此不敢再想麥芽糖。

那天當媽媽提起這件事，我才趁機問媽媽，當時怎麼沒有讓我受皮肉之苦？結果媽媽的回答是：「在物資缺乏的年代，小孩子一時嘴饞，想拿東西去換是無可厚非的，知錯能改就好啦！」媽媽的話讓我感受到一個母親對子女疼愛和寬容，以及對生活的無奈。

沒想到無意中和媽媽的一場對話，讓我想起了六十多年前的往事。好感謝老媽媽當年的慈悲，讓我有個從未挨過鞭子的完美童年。相信往後再聽到「酒矸倘賣無」這句話時，我的心是充滿感激和溫暖的。

105.2.11 《聯合報》

第一次胎動時

婚後我還是跟婚前一樣，愛玩加任性。雖然婆婆和媽媽經常提醒我，趁著年輕快點懷孕，有了孩子之後，因為工作多自然會收心。但我沒在聽，把懷孕之事拋得遠遠的。因為我根本沒有做好要當媽媽的準備。

很長的日子過去了，她們知道逼我沒用，就不再時時提醒我該懷孕的大事。而我自己也不曾積極，心想一切就隨緣吧！該來的它會來，不來的求也沒用。

或許是少了長輩的關心，也或許是我沒有了壓力，更或許是緣分到了，有一天我忽然發覺，裙腰上的勾勾有點緊，一開始我想一定是自己變胖了，所以沒有很在意。

但有一次，當我躺在床上看書時，我忽然覺得，肚子裏面好像輕微地動了一下。本以為是自己看書看得恍神了，就沒理它，但過不久又連動了兩下，這次我很確定，自己已無意中懷孕了。

感覺新生命存在的霎那，我發現自己長大了，要當媽媽了。

105.4.27《聯合報》

兩截蠟筆的啓示

鄰居江老師在國小任教，每個學期結束時，都會帶回一些原子筆、蠟筆或彩色筆分送鄰居。

因為這些筆是學生遺失的，但卻沒有學生願意領回或拿去用。江老師覺得這些筆還能用，要丟掉可惜，就拿一些回來分送鄰居，大家來個廢物利用。她知道我平時愛塗塗寫寫，所以會送我幾隻原子筆。

每次拿到筆我都很開心，雖然大部分是舊的，寫不了多久就不能寫了，但它外表一樣好看，書寫起來也很順暢，跟新的沒有兩樣。

由於常常有這種沒有主人的筆可書寫，所以每一回將筆握在手中時，我會覺得是否現在的孩子生活太富裕了，沒有想像過有人即使只剩兩截蠟筆，都還要省著用的無奈。

記得升小三時，我們的導師是位剛從師範學校畢業的男老師，高高瘦瘦，皮膚很黑，走路很快，經常面帶笑容，是個陽光男孩。

以前的導師，不管算數、國語、音樂、美術或體育是全包的，所以他從早自習到放學都在教室。

他認真教學，希望我們的成績在他的努力下有所進步。每次上課時他認真講課，為了要瞭解我們的吸收度，他會利用下課前十分鐘，發個便紙條，考我們兩題算數，或兩題造句。

當我們在作答時，他會在走道上走來走去，看看我們答題的情形。考卷收回後，他利用下課的幾分鐘改考卷，下一節上課時，他發回考卷，並檢討錯誤的。每一題他一定要讓每位同學都瞭解後，才會再進入下一個課程。

他的用心和認真讓人感覺得出他對教育的熱愛，和對學生們的負責。有一回上美術課，他發給我們每人一張上面畫有淡淡虛線的美術紙。那是一頂帽子的形狀，旁邊還放了一朵花。老師希望我們把它著上顏色。

當同學們在著色時，老師就在走道上來回巡視。當他走到我座位旁時，忽然停了下來，看到我的美術紙上，只用黑色和淺灰色把虛線連上而已，就低下頭來告訴我，在帽沿或花上可以著上別的顏色，這樣看起來會更好看。

他說完後發覺我都沒動靜，又再說了一次。我只好囁囁嚅嚅地回答，我只有這兩色半截的蠟筆，我不能把它用完，要留一些給弟弟上美術課時用。

老師看看我桌上的兩截蠟筆，又看看我想哭的樣子，停了一會兒又說：「只有兩截蠟筆，就可把帽子畫出來真的不錯。」他還說：「要記住喔！看到自己擁有的，不看自己沒有的，這樣會比較快樂。」

老師的話我聽不太懂，但至少我感覺得出，他沒怪我畫的顏色太單調了，反而安慰我、鼓勵我。

老師知道我只有兩截蠟筆後，在一次月考中，我因名列前茅，他除了發獎狀外，另外給了我一盒蠟筆當獎品。這讓我們姊弟有一段時間不用擔心上美術課沒蠟筆可用。那學期結束後，老師去當兵了，從此沒有老師的消息。

雖然長大後沒有再用蠟筆的機會，但每次握筆寫字，我都會想起無筆可用的窘境，以及一個老師在發揮愛心的同時，還能兼顧到一個孩子的自尊，那對我來說是感激不盡的。尤其是老師的那段話，一直以來帶給我很大的啓示。

隨著年齡的增長，我慢慢體會出，只看自己擁有的，不看沒有的，這樣會快樂些，這句話的深遠用意。

如今在生活裏偶有不順遂時，老師的話會再一次地在耳邊響起，於是陰霾頓失，換成了滿心的感激，和感受到知足快樂的可貴。

105.3.19 《聯合報》

無限的祝福

這幾天知道外子的二姊和三姊就要過八十一歲大壽時，心中真有說不出的喜悅和滿滿的祝福，因為一對雙胞胎要共同走過八十一年的歲月，是何等的不容易啊！

外子八個月大就失怙，婆婆要耕田，要扶育六個嗷嗷待哺的幼子，真是困難重重。有人看她們孤兒寡母的度日難，就勸婆婆把還在地上爬、最需要被照顧的外子送養。但婆婆認為送養女兒較恰當，因為女兒長大後同樣要嫁人。

就這樣，婆婆把排行老五的三姊（五妹）送給九穴的黃家扶養。其實三姊和二姊（仁妹）是一對雙胞胎。收養三姊的黃家，對她視如己出，這讓婆婆很放心。

長大後的兩個姊姊都有很好的歸宿。二姊的婆家姓范，就在娘家附近的上河壩。三姊的婆家在竹山溝，姊夫是傅傳福。因姊妹彼此住得不算遠，所以常互動，這也讓她們的感情一直都很深、很濃。

成家後的兩個姊姊，除了忙農事，還要照顧成群的子女，是很傳統的女性。如今子女都已成家立業。二姊的孩子都在外工作，加上二姊夫幾年前就走完人生路，如今的她是獨居。儘管她兒子有意接她去鳳山同住，但她卻覺得住美濃最好。

三姊因為大兒子在竹山溝經營新芳茶行，所以有子媳同住。三姐夫數十年來都以耕種維生。他篤實忠厚，善良守本分，勤耕的他總是努力地灑種收割。種菸時期忙翻天，夫妻倆常常是一個人當兩人用，從白天到黑夜，配合得天衣無縫，利用滴滴汗水，換來生活的穩定。

三姊夫雖是種田人，在早年時期也沒受過太多完整教育，但他聰明過人又謙虛好學，加上閱歷豐富，說起話來總是充滿哲理。我常覺得聽他說話，就像上了一堂寶貴的人生課，讓我從中獲益良多。我經常把他話中的經典，化為文字分享讀者，並換些稿費。

或許是他少受了教育，所以很重視子女的教育，對栽培子女肯用心，二兒子如今是國立大學的教授。

三姐夫有情有義，一路走來不管對我的婆婆或兄長們他都敬愛有加，家中有大小事，他都鼎力相助。記得有一年，家裏的家塚完工了，大哥的骨甕要從原本的風水處移過來放。那天當所有的祭拜儀式完成後，他小心翼翼地蹲下身子，就把大哥的骨甕揹起。那一刻我潸然淚下，我深知這份情，我們鍾家人是永銘心懷、難以回報的。

這些年已八十多歲的他，已慢慢放下田裏的工作，偶爾高歌一曲，偶爾享受垂釣之樂，過著悠閒自在的生活。

我常覺得兩個姊姊是人生的勝利組，一直以來健康如昔。從小到老，不管扮演什麼角色，也都能恰如其分，表現得可圈可點，是賢妻也是良母，都是她們家中的最佳女主角。

記得好些年前，在媒體中看到日本的一對雙胞胎姊妹，八十歲的金銀婆婆時，我好感動。想想，這真是天大的喜事，要多麼有福氣的人才能擁有啊！

沒想到如今這樣的喜事就在自己的親人上，真的是可喜可賀。畢竟八十一年的歲月不算短，而兩個姊姊有福報，共同走過漫漫長路。

在這大喜的日子，我除了感謝姊夫和姊姊一直以來對我們的厚愛外，也要很虔誠地獻上最深最深的祝福，祝福兩個姊姊，永遠萬事如意、平安喜樂。

105.4.19《月光山雜誌》

感謝你的改變

阿仁兄，你好！這陣子我發現，你用餐後餐桌上的菜餚有少一些些，這證明你已開始改變飲食。

或許吃得不多，但看在我眼裏就是難得。很高興你能聽進我的話，其實只要你願意嘗試吃不同的菜餚，就有機會讓營養均衡。

幾年來你陸續因營養不良，讓身體各方面失調，出現不同的狀況，不斷地進出醫院急診。每次在急診室等報告、等病房的時刻，我是心急如焚，既害怕又難過。

當醫生問我你的飲食習慣時，我的回答是，你都吃醃的薑、冬瓜或豆腐乳。醫生聽後搖搖頭表示，這些食物不能吃啊！

因為不同的檢查，必須在急診室等結果。這其間讓我看到許多病人的痛苦，更親身體會家屬的無奈，和備受煎熬的身心。

記得你第三次入院時，我要求你醃製物不能再吃了。以後就吃不同的食材，既可享受各種美食，又可讓身體健康，何樂而不為？我知道一時之間，要你改掉長久以來的飲食習慣很殘忍，但我希望你慢慢改。因為只有改變，你才會健康。只有健康，才不必進醫院，我也才能安心過日子。

我更希望你好好地珍惜能平安出院的機會。要感謝老天爺的厚愛，每次躺著進醫院後，又可以走著回家，那是天大的福報，不能再糟蹋自己了。更何況一個人生病住院，全家人都擔心，那代價太沉重了。

我認真地說著，你靜靜地聽，沒什麼反應。我知道你愛面子，要你在我面前表示認同我的看法，那對你來說是很難的。但我相信愛家的你，一定會為了家人而改變。

日子就平靜地過著，我已看到你在改變。那種感覺讓我很驚喜，相信只要你願意吸收各種養分，「營養不良」將在你生命中消失。

105.8.8《自由時報》

最帥的父親

父親是受日本教育的，當時的高等科是在高雄讀的，所以他的同學來自四面八方。當同學都退休後，開始舉辦同學會。

他從六十歲開始，每次同學會都帶著母親一起去參加。該會規定第一次參加的同學，都必須交一張近日的生活照。

他們的同學會逢雙年舉行。由於同學分散全省，為了公平起見，同學會就在台北、台中和高雄輪流舉行。我因住台北，所以只要在台北舉行，我一定會以眷屬的身分陪父母去參加。

由於每次參加的人數很多，主辦單位絕對會包下一個層樓，作為同學和眷屬互動的空間。

每次同學會開始，主持人會把該次同學會參加的人數、所有的費用，以及下一次主辦的地點及主辦人的名字，通通報告清楚，讓大家明白。

報告結束後，會很嚴肅地把去年所有離世同學的大名和照片，用投影機播出來，讓大家回憶他們過去的風采。再為他們默哀三分鐘聊表哀思。接著開始用餐，開始互動寒暄，順便讓大家可以拍拍照做個紀念。

父親離世後的第二年，同學會又在台北舉辦，那天正好是父親節。一大早我陪媽媽到北投熱海飯店參加。或許是正逢父親節，所以很多眷屬都陪父親來參加，大廳裏擠滿了年長的父親還有年輕的父親，真是熱鬧異常。

大會開始，主持人按照往例，把去年離世同學的大名和照片播放。很多人看到自己的父親，既興奮又難過。興奮的是能在父親節看到父親過去的身影，感覺特別有意義；難過的是往者已矣，再多的思念都已惘然。

那天當父親的照片出現在大螢幕時，我的視線一再模糊。看著父親燦爛的笑容，知足慈祥、篤實憨厚的眼神，那樣的感覺讓我覺得特別的溫暖和窩心。除了深受感動之外，彷彿他就在身邊並未離去。讓我忍不住地四處張望，希望能看到他的身影。雖然一再地失望，我還是很認真地在尋找。

或許是在父親節，又是在父親的同學會上看到父親的照片，我想這張照片是我這輩子見過父親最帥、最完美的模樣。真沒想到會在這樣一個特殊的日子裏，在父親的同學面前，看到父親生前最真實的一面。他既陌生又熟悉，既嚴肅又和藹。這對身為女兒的我來說，會是多麼難忘和珍貴的。

105.8.9《聯合報》

竹園舊事

每年約從端午節前一個月，到中秋節後一個月，就是竹筍的盛產期。

每年這段時間的每一天深夜三點，樓下的筍仔伯就頭戴探照燈、腳穿雨靴、肩挑竹籮還有挖筍的工具，到後院山坡上的竹園挖筍子。天亮時把筍子挑回家，稍作整理後，換上乾淨的衣服，又把筍子挑到附近的傳統市場賣。

每次看到筍仔伯那種讓我感覺既熟悉又辛苦的動作，我就會想起一段感恩又難忘的竹園舊事。

那年我六歲，還有兩個分別為四歲和兩歲的弟弟。記得當時才過完年不久，媽媽因病必須從美濃到高雄的醫院去治療。爸爸去照顧住院的媽媽，因路程遙遠無法來回，我們姊弟三人就坐在門檻上，瞪大眼睛等爸媽回來，從白天到黑夜。大概是第三天吧！住在美濃山下的姑姑一大早就到我家來。她把小弟背在背上，左手和右手分別牽著我和大弟，在烈日下走著鄉間小路去她家。

她家在山底下，後面是一片竹子園，聽說是一位遠親憐憫她們，就免費讓她家種作。姑姑家有三間茅屋，窄窄長長的，前後有屋簷可放農具，下雨天可晾衣服。右邊那間有個磚頭疊成的矮灶，角落還有個接山泉的小水缸，旁邊放了幾個很舊很舊的不成形鋁盆。飯桌是姑丈用木板釘的，桌上放了幾個有裂痕、有缺口的大小碗。剩下兩間是臥房，空空地沒有衣櫥或桌子，只有一張竹床是用細竹片編的，躺下去會咿呀出聲，夏天很涼，冬天時會舖上麻袋，可以保暖些。牆壁是用粗竹片編的，再敷上牛糞和黃土混和的泥土，因常脱落所以到處都是縫隙，老鼠、壁虎穿梭，蚊子如蒼蠅般大。

姑姑有三個兒子，十歲上下，每天放學後，跟著姑丈翻山越嶺，摘野菜野果，讓姑姑挑到山底下賣，換些油米日用品。有時割棕櫚葉綁掃帚，或用竹子編竹籃四處去賣。他們利用山上的資源，過著靠山吃山的生活。

我們姊弟的到來，使姑姑家的生活更拮据，但姑姑夫婦待我們如同己出。姑丈要外出工作，姑姑就帶著我們在竹園除草、施肥、填土，辛苦地照顧每一根筍子。為了不讓我們被蚊子叮，她會用艾草薰蚊子。她工作時我們就坐在旁邊疊石子、灌蟋蟀，因竹園裏涼風輕拂，蟲鳴鳥叫很熱鬧，所以我們每天都玩得很開心。

由於姑姑家沒田地可耕種，因此沒有稻米和蔬菜。每天吃的菜都是山上摘的野菜，以及一些沒賣相被淘汰的筍子。儘管菜色不多，又沒什麼佐料，但每一道都是姑姑用愛心煮的，在我們小小的心靈上，總是感覺特別的香甜可口。

當竹筍盛產時，她們一家半夜就去挖筍子，整理後再把筍子挑到街上賣，因交通不便、路途遙遠，來回一趟需要大半天。雖辛苦但很開心，因為賣筍的收入是她家經濟的主要來源。

我們在姑姑家住了一陣子，直到媽媽出院後才回家。在姑姑家的日子雖然不長，但對我們姊弟來說是再造之恩。我一直很感謝姑姑，在我們一家最無助的時候，家徒四壁的她，不顧一切地伸出援手，讓我們姊弟不至於流浪街頭，能平安度過。那種雪中送炭、患難見真情的幫助，讓我永銘心懷、沒齒難忘。

如今青山依舊在，只是人事已全非。八七水災時，姑姑家一夜之間變成重災區，房屋全毀。幸好之後他們全家克勤克儉、胼手胝足，努力地重整家園。表哥們長大後，就在附近重建新屋，改成堅固美觀的樓房，以前的竹園變成他家的後花園。我每次去都會在後花園走走，回憶童年時那段竹園裏有笑有淚、溫馨難忘的日子。

105.6.29 《月光山雜誌》

只不過就添雙筷子

利用返鄉掃墓的機會，回程時順便繞到叔公家拜訪。我們欲離去時，叔公要留我們吃個便飯，我說：「謝謝！不用麻煩啦！」叔公一臉慈祥回說：「不麻煩！不麻煩！只不過添雙筷子。」

好久沒聽到這句話了。記得小時候家裏來了客人，好客的爸爸定要把客人留下用個餐。因為那時候交通不便，更沒有所謂的外食，爸爸怕客人回到家，已經錯過了用餐時間，所以希望客人吃個便飯再回家。

有時客人會覺得這樣會給爸爸添麻煩，執意要告辭時，爸爸一定會說：「不麻煩！只不過添雙筷子。」意思是家裏人口多，原本就準備了很多的飯菜，多個人吃沒什麼大不了，只是多準備一份碗筷罷了。

聽到爸爸這麼說，客人在盛情難卻之下，大部分都會留下來用餐。媽媽看到家裏有客人，就會忙著下廚，並多添個一兩樣平常不常吃的菜，讓我們這些小蘿蔔頭可以託客人之福打打牙祭。還是孩子的我們，就算要幫忙洗米、切菜或跑腿買東西，也甘之如飴。

當所有的菜餚都上桌後，全家人和客人一同用餐。大人們聊著他們的話題，小孩子則開心地大啖豐盛的佳餚。年幼時的我常偷偷想著，要是家裏天天都有客人來，那該有多好。

或許是因為從小看到父母總是用這樣親切又貼心的態度，對待來訪的客人。我在婚後的數十年，也一直維持同樣的方式，即使今日早已交通便捷、外食方便，當家裏有客人來訪，我也會用這句話聊表誠意，希望把客人留下。

隨著科技的進步，親友間甚少有登門拜訪了，都靠簡訊軟體line來line去，能說這句話的機會已經不多。但我們不曾忘記這句話，曾經帶給我們的溫暖和快樂。畢竟它很能表達主人的誠意，是人際互動中最好的潤滑劑。

105.6.25《聯合報》

爸爸的吃魚哲學

上個周末的家族聚會，參加的人很多，有高壽的長輩，有年輕的父母，有青少年及小朋友。用餐時每道菜年輕人都開心地下箸享受美食，但當清蒸黃魚上桌時，年輕人就搖頭表示，魚有刺，不想吃。

每次聽到魚有刺，我就會想起小時候爸爸訓練我們吃魚的方法。那時家中務農沒有能力吃魚。但爸爸會想盡辦法，偶爾讓我們吃點魚增加營養。當時家裏的田在離家三里處。上田之路是沿著一條約三公尺寬的河流延伸。河流是彎彎曲曲的，水流不湍急。每個轉彎處的水沒什麼流動，是很多魚兒聚集的地方。

爸爸就把握這樣的優勢，每天要上田時，會帶著幾個約兩尺長、身大口小的竹簍，放在每個轉彎處。每個竹簍裏會放幾條蚯蚓，做為誘魚的餌。魚兒進了竹簍就出不去。

天黑下田時，爸爸就順路把魚簍收回家，倒出魚簍裏的大肚魚、小蝦、泥鰍、吳郭魚等等。每一次的收穫，都讓我們有豐盛的晚餐。

我們姊弟從小只要學會拿筷子，爸爸就教我們用筷子把魚骨頭撥開，這樣就可以安心吃魚。一開始學撥魚骨頭，爸爸是選沒有暗刺的魚，像吳郭魚之類。除了魚頭和上下鰭及尾巴之外，就只有中間的一整排粗骨，這對小小孩比較沒有難度。

每次撥魚刺，爸爸都會耐心示範。隨著年齡增長，所撥的魚種就不同。爸爸常說：「從小訓練小孩子學撥魚刺，可讓孩子們學會耐性和珍惜萬物，最最重要的是，可讓孩子們學會吃魚的藝術。」或許從小就受到爸爸訓練吃魚，所以我們喜歡魚的美食。也因為常吃魚，讓我們有足夠的鈣質，讓牙齒和骨骼都長得很好。

每次在用餐時，聽到有人因為怕魚刺而不敢吃魚時，我都非常感謝爸爸，能在我們年幼時，利用他的智慧教我們吃魚，讓我們這輩子除了開心吃魚，還從吃魚中學會面對挫折時的耐性和毅力。

105.8.8

在回家的路上

昨天下午，當我搭的客運車停在美濃車站時，已將近七點，天已經全黑了。

下車後本想看看時間表，卻發現車站已熄燈打烊。當時我很疑惑，因為在潛意識裏，我對車站的認知是，車站是很多旅人穿梭的地方，該是很熱鬧的，怎麼會是這樣。

有位小姐看出我的心思，她告訴我沒有班車了，所以工作人員就下班了，我回以一個微笑說：「也是。」之後我往停客車的方向走，還沒走多遠，我感覺不太對，連忙向坐在機車上的一位大叔借問：「我要去中壇，這樣走對嗎？」他告訴我：「這是去中正湖的路，去中壇是要往對面那條路。」

我回頭順著他指的方向前進，心想，還好有問路，否則繞一圈中正湖再回到家，我看不是三更也得半夜了。

走在幾十年來不曾再走過的美濃大街上，爆油蔥的特殊香味一陣陣不斷地飄過來，那是所有遊子最熟悉、最牽絆的家鄉味。我沉醉於濃濃鄉味中，繼續地往前走。在一個紅綠路燈底下，我發覺前面是叉路，這可又是一道考驗我這個路痴的難題了。

我又向一位站在一家小吃店門口的大姊姊打聽，她很熱心地告訴我，往左邊是去六龜里，往右邊一直走會到中壇派出所，不過這樣走要走好久呢！我篤定地告訴她：我可以。

當美濃國中的操場出現在眼前時，我忍不住地會心一笑，因為我可以非常肯定，已經找到回家的路了。初中三年徒步上學，多少的青春歲月，就在雙腳來回的移動中消失了。

過了操場邊的大河，我往左轉，之所以做這樣的選擇，是想回憶學生時期走田埂的樂趣。雖然漆黑的田園沒有任何人影，只有幾盞暈黃的路燈，以及天空中幾顆閃亮的星星，但我感覺那才是真正的農村景象，它充滿了寧靜祥和之美。我好不容易有這樣的機會，錯過了會覺得可惜。

走在彎曲的小道上，偶爾傳來斷續的蛙鳴和蟲唱，對這樣既熟悉又陌生的聲音，我既驚又喜，因為實在太久太久沒聽過這樣的天籟了。忍不住停下腳步，在有燈光的溝邊四處望望，希望有新的發現，結果只有水聲潺潺，還有在貴如油的春雨滋潤下，欣欣向榮的翠綠秧苗，正隨風舞動。

雖已是初春，但拂面而來的徐徐晚風中，除了清新沁涼、令人舒暢外，還帶有絲絲的寒意。轉過田角看到幾户很現代的建築，有的門口停著名車和發財車，還有一些農具，真是既現代又傳統。

有些大宅院裏，前庭後院花木參天，院子裏積厚的落葉告訴我，主人很少來居住。那種庭院深深深幾許，少了燈火又缺了人氣的滄桑，讓人感受到它的淒涼。過去萬家燈火、家家戲鬧、歡笑聲不斷地生活景象，已在社會變遷、家庭人口結構的改變中，急速地在人們還來不及調適時，就無聲無息地遠離了。多少的家庭裏，只剩下年邁的老人，守住那盞孤燈下的溫暖。

在走走停停中，有股淡淡的桂花香氣在空氣中飄動，隨著腳步的前進，香氣是越來越濃郁。猛一抬頭發現幾株長在圍牆外的桂花樹，上面正開滿了花朵，花香處處無所不在。它告訴行人春天已到人間，是春暖花開的季節了。

在這樣的美好季節裏，很慶幸自己有這樣的機緣巧遇花開，忍不住多吸幾口，存在心靈深處，作為最甜美的回憶。

當桂花香還在心中迴盪時，那檳榔花清淡優雅的香味，也在不知不覺中襲上心頭。對它的香味我情有獨鍾，因為它不濃，香得乾淨，香得迷人，最最重要的是，檳榔花花期短，種的人又不多，所以能遇上，對我來說實屬難得。

當家裏的燈光隱約出現時，我知道家就在不遠處。歡欣之餘，一顆心不知何時已湧上一股暖流，忍不住地加快腳步回家。

真沒想到在回家的路上，能讓我感受到大地的律動，及自然界的生生不息，也體會到過去傳統悠閒的生活方式，更享受到乍暖還寒的美妙意境，還有好多好多只能意會、難以言傳的心情故事。在事事講求快速的今天，它已經成了過去的故事，是回不去的。想想，我真像無意中忽然擁有一趟知性之旅哪！

105.5.29《月光山雜誌》

第二輯

生活篇

天然的最好

平心而論，每次看到食品含毒的報導，我都很害怕，加上年齡漸長，身邊的長輩、親友都因老邁，健康亮起紅燈，經常進出醫院。每次去探望，聽他們聊起平時的飲食習慣，我發覺他們多數是重口味，且愛吃加工食品，這時才體會出飲食對健康的重要。

為了讓家人吃得健康，我一直不鼓勵外食，畢竟商家為了有好的口感，都會添加一些加工過的食材，容易影響健康。

家人不外食，掌廚的我就必須很認真、很用心地調理三餐。蔬菜、水果我都盡量選擇當季的，因為季節對，所以在天時地利下，果實長得好又快，不僅農藥用得少，價格也便宜，可謂一舉兩得。另外為了讓愛挑嘴的小朋友可以吃到健康營養的食物，家裏從不買加工過的食品，讓他們沒有機會接觸。我會用不同的水果打成汁做果凍，用紅蘿蔔、馬鈴薯煮熟後打成泥，再做成小餅乾，香香脆脆的，很受歡迎。反正盡量用不同的食材，多變化口味，一家大小就能享受美食。

為了要讓蔬果的農藥成分降至最低，每次洗過後，再用食用小蘇打粉加水浸泡後才煮，不管用炒的或水燙，都以清淡為主，不加蘸料，一切都吃原味的。

至於魚或肉類食品，我都在超市買有國家安全認證的，不管清蒸或水煮，也都以原味為主，總之為了健康，天然原味的最好。

102.6.16《國語日報》

市場趣事多

我常覺得趣事到處有，市場卻特別多。

多年來我一直在菜市場做生意，見過非常多因買者無心或無意之下，鬧出令老闆哭笑不得的趣事。菜市場是露天大賣場，它無所不賣，不管吃的、用的、生的、熟的、你想得到的、想不到的都有人賣，也都有人買。

由於菜市場是公共場所，三教九流的人都有，人多趣味就多。有趣的事常隨著不同年齡層、不同貨物發生。那天一個二十多歲的小姐經過雞肉攤前，她忽然停下腳步，看著攤上擺的半邊的烏骨雞，然後哇的一聲說：「現在的染色技術真是好，不僅肉染黑，連骨頭都染成黑色，這樣一鍋雞湯，不就黑嘛嘛嗎？好噁心呢！」她一連串說了一堆，老闆忙著解釋表示，雞和人一樣，有白皮膚的也有黑皮膚的，對方就是聽不進去，氣得老闆直呼「透早就遇到番仔」。

有天早上臨江市場很熱鬧，一位七十多歲、滿頭白髮的阿伯，蹲在地上旁邊放著兩個大鋁盆，一個裏面放了幾條大拇指般粗的鱔魚和鰻魚，另一個裏面放滿了拳頭般大的青蛙。為了怕青蛙跳出盆子，老闆有用網子蓋在盆子上面。約八點多時，有位穿著襯衫及西裝褲、高高瘦瘦的先生問阿伯，要賣到幾點收攤，阿伯告訴他，下午一點就回家。

約十二點的時候，這位先生帶了十幾位三、四年級的小朋友來，他們把盆子團團圍住，每個人驚呼連連。他不停地告訴小朋友，鰻魚和鱔魚如何區分，青蛙和樹蛙又該怎麼看，原來他是老師，把這兒當課外教學的地方。

正當老師說得精彩時，忽然有位小朋友不小心把盆子上的網子鬆開了，結果青蛙四處亂跳。阿伯措手不及，整個人愣在那兒。小朋友和路過的人，大家一起幫忙抓青蛙，青蛙四處逃竄，每個人追得氣喘吁吁，整條街上演盛況空前的抓青蛙大賽，就差沒動用消防隊，氣得阿伯差一點罵三字經。

星期天早上，有位長髮披肩、長得很秀氣、挺著大肚子的孕婦，走近魚攤時問老闆，有沒有賣魩仔魚。六十多歲的老闆娘說：「有！要買多少？」

孕婦回答要五條，並希望老闆娘幫她處理好後分成五包，這樣她要煮的時候比較方便。

一開始老闆娘以為她是來亂的，魩仔魚像米粒般大小，賣了四十年的魚，第一次聽到有人這麼要求處理。於是老闆娘問她：「妳知道這種魚有多大嗎？」小姐說：「不知道，只聽說這種魚孕婦吃了可讓寶寶骨骼長得好。」她的答案讓老闆娘鬆了一口氣，原來是誤會一場，她還念著：這年頭怎麼這麼多吃米不知米價的。

台灣的甘蔗有紫紅色和黃中帶點綠色的。有一回從北京來了十多位中年男女，他們一字排開，站在甘蔗攤前面，你一言我一語的，對甘蔗品頭論足一番，聽說北京是不長甘蔗的，所以他們看到甘蔗，感覺非常新奇，想嚐嚐它的味道，於是要求老闆讓他們試喝。其實甘蔗汁不便宜，一般市場沒有試喝，但是老闆還是每人給一小杯算請客。沒想到他們喝了很開心，還要老闆續杯，讓老闆臉都綠了。

菜市場做生意就是這樣，什麼樣的客人都有，什麼怪事都有可能發生，那層出不窮的趣事，有時讓人哭笑不得，有時令人啼笑皆非，真的很有趣，也很無奈。

104.12.17 《聯合報》

最後一名沒關係

趁著暑假，我們一群老鄰居相約去旅遊，每個家庭成員只要能來的都來了，有長輩也有小朋友，還有幾個正在放暑假的少年。

傍晚時分，大家用過晚餐後，都聚在飯店的廣場，席地而坐聊聊天，晚風涼爽，滿天星星，每個人都好開心，因為這是一直住都市的人很難有的機會。

當大家天南地北聊得正開心時，八十多歲的陳爺爺忽然停下來問林大哥的兒子小軒：「聽說你是高中第一名畢業，現在是準大學生了，告訴大家你是如何念書的，怎麼成績這麼優秀啊！」

此時長得高高瘦瘦、一臉稚氣、面容清秀的小軒有點靦腆地表示，其實他小時候不愛念書。小一時父母離婚，他歸爸爸扶養，但爸爸很忙，每天很晚回家，家裏又沒人，他有的功課不會寫就沒寫，看完電視就睡了，所以成績很不好，班上有二十位同學，他都排在後面。

升上二年級時，新來的老師看他作業都沒寫，就問他家裏的情形，他每一句話都哭著回答。老師聽了拍拍他的肩膀說：「最後一名沒關係，這不是你的錯，以後多加油會進步的。」

從那次以後，老師除了幫他課後輔導，還會用聯絡簿跟爸爸聯絡，希望爸爸多關心他。爸爸知道他最後一名時，摟著他好久才說：「最後一名沒關係，從今以後你只會進步，不會再退步了。」

有了老師的鼓勵及用心的教導，加上爸爸每天晚上的陪讀，他開始喜歡讀書，成績也不斷地進步，從最後面慢慢地往前擠。當他感受到自己有進步後，同學及師長都對他另眼看待時，他有一種榮譽心一直鞭策著。

他鼓勵自己要用功，一是盡學生的責任，一是不辜負老師和爸爸的期望。就這樣一路走來，心無旁騖、始終如一地用功讀書，所以成績還好。

小軒的話讓我們感受到鼓勵孩子的重要，即使最後一名也不放棄，多鼓勵、多協助，讓孩子有信心面對，再從旁協助，孩子的潛能是可發揮的。

104.11.5《聯合報》

撿戲尾

趁著暑假回鄉下老家走走，當夕陽將西沉時，來到古老的「美京」戲院旁。從大門口斑駁落漆的柱子、塌陷的屋頂、破洞的牆壁，看得出那是數十年前古老的建築。如今風光不再，加上不再放電影，所以整座戲院已變廢墟。

由於它是當時鎮上唯一的電影院，也就是提供全鎮居民最大娛樂的場所。看到曾經為五〇年代的我們帶來最大的歡樂、留給我們最多回憶的戲院，如今面目全非，心中一陣黯然。往事也如倒帶的電影，一幕幕地呈現在眼前。

五〇年代後期，剛上小學的一票同學們，下午放學回家時，不管男女都會不約而同地繞到離學校很近的戲院門口逛逛。看看那手工畫的、人物和戲名都很誇張的廣告招牌，看看當天是放什麼電影。

當我們東張西望時，偶爾會看到附近的長輩正要進場看電影，此時我們只要靠過去，他們都會「順便」地把我們帶進場。有時守門的伯伯也會睜一隻眼、閉一隻眼，讓我們進場，讓我們可以看到免費的電影。因為都是下午場快結束時才進場的，所以沒看多久就散場了，當時我們稱這個動作為「撿戲尾」。

就這樣，我們一群人每天都到電影院看免費的電影。這對沒有零用錢、買不起電影票的我們來說，真是一大福音，也是最開心的事。每次看完電影出來，每個人臉上都掛滿笑容。回家的路上，聊的不是學校的功課，而是電影的劇情。

當年的電影都是黑白片，有日本片，也有國語及台語片。印象中台語的「王哥柳哥遊台灣」、「孟姜女」、「姜子牙下山」、「薛平貴征東」，日本的「愛染桂」、「請問芳名」、「東京之夜」，以及國語的黃梅調，都讓我們百看不厭、回味無窮。

雖然每部電影我們都沒有全部看完，但透過看過的人的敘述，以及自己的猜測連結起來，我們對劇情也可以瞭解到七八分，即使如此，我們還是非常的開心滿足。

小學畢業後進入了初中，因學校離戲院遠，另一方面身子長高了，不能再「順便」被帶進去，更重要的是，有升學的壓力，因此不再去看電影了。

如今科技進步，要看電影，手機滑兩下就可以了，既方便又省時，「撿戲尾」的名詞，已成了過去的故事。

儘管如此，我們這些不再是小朋友的老朋友，還是非常懷念童年時曾經帶給我們歡笑和淚水的「撿戲尾」，畢竟它滿足了年少的好奇心，也帶給我們好多好多美好難忘的回憶。

104.11.6《聯合報》

一切隨緣

又快過年了，昨天和一群年輕人聊天，結果一些適婚年齡的孩子聊到過年，他們最怕被長輩問到何時才要結婚。

雖然他們都知道，這些都是出自長輩的關心，但他們卻覺得，婚姻大事是很私人的事，而且一切還得靠緣分，所以有人不願意答，也有人認為這很難答，更有人認為與其尷尬地不知如何回答，乾脆出國旅遊避開家人，這樣大家過起年來會開心些。

聽到他們的心聲，讓我想起每年過年時發生在我身邊的趣事。我娘家及婆家都是大家庭，人口眾多，所以適婚年齡的男女都有。每到了過年，長輩們最愛提的話題就是，你們這些年輕人怎麼啦！一個個都不結婚。

每次被問到的人，不是一笑置之，就是隨便敷衍一下，結果不是讓長輩們很失望，就是很生氣，弄得氣氛很糟，大家心裏都怪怪的。

雖然每次舊事重提時，被問的人都很無奈，不知該怎麼答，但我發覺大房的兒子浩浩，他可以答得很妙，讓雙方不會很尷尬。例如當有人問他何時請喝喜酒時，他說：「快了！快了！」有人問他到底哪裏出了問題，他回答得更妙：「我就是太優秀了，喜歡我的人很多，我正在選呢！放心啦！時間一到就結婚。」他的父母更是極盡所能在逼婚，他總是有辦法擺平。

他告訴父母，「婚姻是終身大事，我又是獨子，總要選個很賢慧的女孩來孝順你們吧！更何況我想要多生幾個孩子，讓家裏熱鬧熱鬧，安啦！我有把這件重任放在心上，絕不會讓你們失望的。」

他的姑姑、阿姨、伯伯、叔叔們更是努力鼓吹，一下子說他同學的孩子都已念高中了，一下子說再不結婚，以後父老子幼可怎麼辦。儘管催婚之聲不斷，他都能見招拆招，以不變應萬變，來說服大家。

我常覺得婚姻是屬於年輕人自己的，他們都成年了，有權利選擇自己要的生活。至於什麼時候要結婚，不必勉強，一切隨緣，長輩們就安心吧！

105.2.13 《聯合報》

當吐聲響起

嚴冬深夜三點，好夢方酣的我卻被浴室傳來的嘔吐聲驚醒。

那一連串淒厲痛楚的聲音，有時像喉嚨被卡住，費盡吃奶的力氣也吐不出來，有時是斷斷續續的伸長脖子只有聲音的乾嘔，不僅驚擾了左鄰右舍，也讓被窩裏的我一躍而起，衝進了浴室。外子右手摀在胸前，整個人面色鐵青，靠在牆壁上奄奄一息。

這樣的夜半驚魂記對外子來說不是第一次了。五年前某天晚餐後，他開始嘔吐、腹部絞痛，到附近診所打針服藥後，情況有改善。第二天夜裏又舊事重演，這回到某大醫院急診，照X光、胃鏡，又沒發現什麼問題，只好回家。好不容易過了一晚，嘔吐聲又響起，這時他腹痛到無法站立，只好又掛急診，透過斷層掃描，才發現是腸套疊。經過開刀，雖然腸子有六十公分已瘀青，但是撿回一命。

兩年多前有一晚，他睡前又吐了。這一回沒有腹絞痛，到附近另一家診所看病，經服藥打針，平安過了一夜。次日清晨又故態復萌，只好再到大醫院去急診。照了X光和胃鏡，找不到病因，打了點滴拿了藥，又回家過了一個沒有聲音的平安夜。

原以為一切OK，沒想到深夜時，那令人不寒而慄的嘔吐聲又把我從睡夢中驚醒，匆忙地回醫院急診。由於三天急診兩次，醫生幫他抽血檢查，結果發現鈉離子不足。這下我們放心不少，至少不必挨刀子，在人滿為患的急診室窩了三天才平安回家。

最近這次嘔吐，我發覺跟第二次很相似，因為沒有腹絞痛徵兆，所以讓他先喝了運動飲料，待天亮再去急診。我們將先前的經驗提供給醫生做參考，醫生先朝這個方向做初步的檢查，結果如我們所料，在醫院打了四天的點滴和服藥，嘔吐聲終於消失了。

外子七十多歲，和我吃同鍋飯、同盤菜，甚至於偶爾會吃些較鹹的食物，為什麼唯獨他缺鈉？我很好奇數次問醫生，醫生表示除了個人體質外，可能和他長期服用降血壓的藥有關。

希望我們家從此再也沒有那淒厲的嘔吐聲，因為那個夢魘讓我很難入眠。

102.4.5《聯合報》

萬里姻緣一線牽

每年快到聖誕節時，好友小玲就會把家布置成聖誕節的氣氛，因為她遠嫁法國的三女兒，要和老公貝克回娘家。

二十年前她學醫的大女兒小宜，代表服務的單位到法國參加醫術交流。有一天在自由活動的行程中，她搭地鐵時因坐了反方向而迷路。此時她遇到一位熱心的貝克先生，不僅熱心地幫忙指引，還在接下來的行程中當她的導遊，讓她感受到這位異國青年既貼心又浪漫熱情。

經過幾個月的交往，小宜成了貝克的太太。他是英國後裔，祖父時代就定居法國諾曼地，家境很好，是藝術工作者，離過婚育有一子。婚後的小宜生活幸福美滿，每年聖誕節都會回娘家。

結婚九年後小宜生病，貝克帶著她跨國就醫，到過俄羅斯和中國，但都沒有好結果。當小宜知道自己只剩半年的時間時，就極力地說服剛從大學畢業、正在待業的小妹亮亮，到法國陪陪她，順便學學法語，遊遊法國的名勝古蹟。

初離學生生涯的亮亮，一聽到可到法國住住，開心好奇地來到法國，就住在四面臨海、風景優美的諾曼地城堡裏。

亮亮來到法國，小宜常要貝克陪亮亮四處旅遊，自己則以身體不適為由不克同行。一開始貝克和亮亮並不知道小宜的用意，直到有一天，小宜從虛弱的口氣中，告訴亮亮這一切都是自己的安排。

她希望亮亮原諒她的自私，她知道這樣會讓亮亮委屈，但她肯定貝克是個可以託付終身的人，才會這麼做，希望亮亮能成全。

亮亮知道姊姊的用意，起先她很生氣，覺得姊姊不該沒經過她的同意，就幫她決定她的終身幸福。但每每想到姊姊對她近乎乞求的眼神，以及看到貝克為了愛妻日益憔悴的身影，她不忍搖頭拒絕。

就這樣，亮亮成了貝克夫人，十年來貝克對亮亮呵護備至，讓她快樂過日子。她也和姊姊一樣，每年和貝克一起回娘家過聖誕節。

103.12.25 《聯合報》

失而復得的誠信

自從臉書出現後，我透過它分享了許多朋友的生活趣事，滿足了我的好奇心。

或許是常看到親友們在臉書上亮相，感覺蠻好的，於是我也開始把生活上所見所聞，化作短文及生活照，以「客家妹」為名po在臉書上，和大家一起分享。大約一個月過後，我收到一封留言，對方表示她看到我的文章和照片後，覺得很熟悉，問我是否在九六年某月某日，曾借五萬元給一對在通化街賣內衣褲的小夫妻，因搬了幾次家把電話掉了，才失去聯絡。

她的留言讓我想起往事，那一年臘月天雨不斷，小夫妻的生意不好，快過年了，要繳房租，三個孩子要繳學費，不知如何是好，只好求我幫忙。雖然我和他們只見過幾次面，連姓名都是到了匯款時才知道，但當我瞭解她的困境後，我把兒子給我過年的五萬元紅包匯給她。當時她表示，等生意有好轉時會分期還給我。

當我把款子匯出後，幾年來音訊全無，朋友笑我太善良了，傻呼呼地隨便借錢給別人。從小就家境清寒的我窮怕了，所以聽到有人生活很糟向我求救，我會把人的誠信擺一邊，心想別人有困難，能幫忙一下也好。

真沒想到因為「看臉書」，一個已經被遺忘的事，忽然出現了，對這個「意外之財」，我要求對方以無名氏捐給慈善機構，去幫助需要的人。

102.11.12 《聯合報》

看看就好

昨天深夜我在睡夢中被一對夫妻的吵架聲吵醒。

由於雙方火氣大，在你來我往的過程中，不時地出現女方的哭鬧聲，我被驚醒後睡意全消，只好繼續地聽下去。

原來這位太太這陣子迷上電視上寶物鑑價的節目。看到節目中有人花了十萬元買的手鐲，如今已經飆漲到百萬，有人只花五萬元買的戒指，一夕之間已經變二十萬了。

她認為買寶物報酬率這麼高，不買太可惜，反正錢在銀行利率低，還是買寶物划算。於是她瞞著老公，把家裏所有的積蓄都拿去買她認為可以增值的玉鐲、玉珮、字畫。

她不僅把積蓄花光了，還以各種名目向親友借錢，如今因還不出錢來，親友們找她先生，借錢之事才曝光。

或許是太太毫無節制地買，讓先生氣不過，找太太理論，太太又覺得自己沒錯，所以才引發激烈的爭吵。

先生說，家裏的收入幾年來都沒增加，但在萬物皆漲的情況下，無形中開銷變多了，每個月要存錢很難。加上彼此年紀有了，以後難免有病痛需要用錢，所以銀行的一點存款，除非不得已不要動用。假如真的很喜歡這些東西，買一兩項玩玩就好了，實在不能買到向親友借錢，讓家裏負債，很不應該。

太太對先生的說法有意見。她認為自己又不是傻子，她相信這些東西能增值，可從中賺些錢來貼補家用。只是這些東西一時賣不出去而已，所以才會沒還親友的錢。

其實我覺得好的寶物人人愛，要買來投資也無妨，但要先看自己的口袋是否夠深，否則靠借貸來買會有風險。有道是買進容易賣出難，畢竟這不是生活的必需品，要靠它賺錢是需要時間的。

我很少看電視，有一次無意中聽到電視上那位寶物鑑價專家，接受電台訪問時說的一句話。他說：天下寶物何其多，看看就好。想想此話真有道理，因為世間的稀世珍寶無奇不有，是永遠買不完的，看看就好。

104.1.21《自由時報》

開心農場樂趣多

或許從小生長在農村，看盡了父母如何利用土地，只要有巴掌大的土地，就種下一粒種子，不管是茄子或木瓜。這樣就可看著種子發芽、開葉，一寸寸地長高到開花結果，一路享受著耕耘和收穫的樂趣。

自從搬到這個社區之後，每天傍晚散步，都會經過巷尾的一塊空地。我看它荒蕪著，覺得很可惜，心想要是能得到地主首肯，讓大家種種菜多好，能運動又有安心的菜可吃。

有天巧遇里長伯時，我把想法告訴他，希望他能幫忙。

一星期後里長帶來好消息。於是我們樓上樓下的太太們，開心地提著水桶、拿著鋤頭到空地，開始除草鬆土。每人憑己所好，選擇種地的寬窄，然後灑下菜種子，再澆上水，初步的工作完成了。

接下來就利用早晨或黃昏，到菜園除除草、施施肥。大夥兒邊工作邊聊天，聯絡了感情，還學會種菜的技巧。

由於每個人的喜好、需求不同，所以種的菜也因人而異。有人愛種甜椒，於是紅的、綠的、黃的，五顏六色美極了。也有人愛種番茄，小番茄、大番茄成串成串地掛著，紅紅綠綠引人垂涎。有人偏愛瓜類，有的搭棚讓瓜藤盤踞在棚上，瓜子瓜孫們就垂掛在棚下，也有人把南瓜、冬瓜種在地上，讓瓜藤四處攀爬，瓜兒就席地而長。

黃昏或假日時，婆婆媽媽喜歡帶小孫子來菜園，小朋友一來，就像被放出鳥籠的鳥兒四處奔跑，有的對著瓜兒指指點點、驚呼連連。他們葫瓜、絲瓜分不清，棚下的稱作站著長大的，匍匐在地的稱作躺著長大的。有人指著紅色大番茄叫蘋果，有的把蔥和韭菜當野草拔掉了，讓我們哭笑不得。

雖然孩子們對蔬果認知不多，但他們會問一些關於蔬果的問題，我耐心地給予回答，讓他們如同上了最有趣的自然課。

真沒想到當初是為了要運動、想種菜，如今不僅讓家人能吃到最新鮮的菜，也讓大家從種菜的過程中，享受到不同的樂趣。

104.1.13 《聯合報》

無心插柳

記得約幾個月前，曾在傳播媒體中看到，桃園市政府客家事務局將成立華人客家影音中心，也就是把客家文學家與客家音樂家的所有資料，作完善保存的文物館。

一樓是全省五十九位客家文學作家的生平簡介、寫作的動機、創作過程，以及作品的展覽，加上訪問的錄影做成數位化典藏，以供導覽之用，這樣往後參觀者到了文學館，就可在導覽機上看到自己喜愛的作者。

二樓是全省五十一位客家音樂家的故事。同樣的規則作數位化典藏，供來參觀的人從中瞭解所有客家音樂家的點點滴滴。

雖然對這個文學館的報導已有初步的瞭解，但當我收到該館的通知，將在三月二十八號下午到舍下做錄影訪問時，我還是有點意外和驚訝的。

那天下午該局來了三個人，除了攝影師、製作人，還有主持訪談的賴文英博士。她是畫家，對客家文化、語言、文學都有相當的研究。

由於這是一趟文學之旅，所以訪談內容都離不開文學創作，包括從何時開始寫、為何而寫、為什麼喜歡客家文學等等。

其實我已不記得是從什麼時候開始寫的，只記得自己一直很喜歡閱讀。心想，倘佯文字中原來是一種心靈上的至高享受。例如，在短短的文字中，我可以感受到高山的峻峭、小橋流水的悠然柔情，體會出千軍萬馬磅礴的氣勢，和滔滔江水的壯觀，還有清風明月、千嬌百媚的萬種風情，以及似有若無的鳥語花香。

或許是文字對我始終有這種難以言喻的魅力，所以總是喜歡接近它，讓我在不知不覺中對作者產生仰慕和感激，會非常感謝所有的作者。想想看，要不是有作者用心地創作，來分享讀者，讀者就不可能有這樣的心靈糧食，來滿足生活、豐富生命。為此我有了提筆為文的衝動，開始經常寫文章。

每天在工作之餘，我會把生活中的所見所聞作簡單的記錄。有了點之後，再把它連成線，最後鋪成面，當一篇文章完稿後，我就投給報社。雖然我常被退稿，但我還是不曾放棄。我總認為把要說的話透過文字來表達，既可讓自己抒發情感，又可讓讀者分享心情故事，是美事一樁，是雙贏的，值得去付出去努力。

由於經常要寫稿，我又必須工作，所以只好利用一些零碎的時間，拼拼湊湊地把一篇文章完成。過去寫稿紙的時代，真的很麻煩，字寫錯了不能塗改，只好重寫，還要邊寫邊算字數。完稿後還要郵寄，無形中浪費很多時間。

如今寫稿輕鬆多了，一切由電腦搞定。因省了時間，所以作品無形中增加了，每個月都會有幾篇在報章雜誌上發表，一年下來剛好累積一本書的量。

至於我為什麼會喜歡客家文學，那是因為我有幸生長在「美濃」，身為客家的一分子，對它的生活方式、風土民情、建築的特色，以及鄉親的樸實、勤勞，還有對土地的熱愛和忠誠，在在都覺得很難能可貴，值得大書特書。自認有責任透過文字的記錄和表達，讓外界看到它、瞭解它、喜歡它。

畢竟客家文化本身有悠久的歷史，而且許多的傳統美德已日漸式微，只希望利用文學把它傳承，讓後代子孫可以瞭解。

最後當主持人問我，對自己會走上寫作之路，會寫進客家文學名人堂，可有什麼字可形容，對往後又有什麼期許時，我的回答是：所以會喜歡寫作，套句清朝周希陶「無心插柳」這句，是最貼切不過了。

然而不容否認的是，我從寫作中得到很多收穫，不管是有形的，還是無形的，都彌足珍貴。也從不斷地寫作過程中，因努力地學習，而讓自己有所成長，這些是意外的收穫。

至於對未來的期許是，我會繼續努力，更用心、更認真地把每一篇文章寫好，來分享給讀者。

105.10.9 《月光山雜誌》

陋室風情

利用連假整理一些舊照片，忽然從相片簿中滑下一張小小的黑白照。

那是我剛結婚時，從鄉下來到台北，在通化街巷子裏租的房子，有一坪半大，放張床和小桌子，是違章建築。

房子很小，租金每月一百五十元，我覺得很適合沒有什麼家當、收入不高的我們居住。

住進房子後，我發覺房子雖不高，但屋頂和牆壁都刷得很潔白，於是我們想到，要善用這些牆，把牆壁當剪貼簿。這樣既可美化空間，又可省下買剪貼簿的錢，更何況貼在牆上，看起來一目瞭然。

有了這樣的構想後，我們把牆壁歸類成藝文版和體育版。由於當時是報章雜誌最風行的年代，家家户户都有訂報紙，雜誌更是多得不勝枚舉，任何資訊都可信手拈來。

我每天下班後最大的樂趣，就是看報紙副刊，自家的看完了，就看鄰居的。每次看到令我感動的好文章都很珍惜，會把它剪下來，浮貼在藝文版的牆上。有時看到雜誌上一些世界美景的彩色廣告，也會把它貼上，讓黑白的文字中多一份色彩，讓版面更加亮麗。

我的另一半熱愛體育，他經常在體育版中剪下和體育相關的報導。因此要知道近年的體育大事，體育牆上就有。

就這樣，我家牆壁色彩繽紛，我貼的琳琅滿目，是屬靜態的，他的是動新聞，有畫面，有吶喊聲。

或許是我們各有所好，每天工作完又可以陶醉於自己的世界中，所以我們從不覺得自己的家好窄。相反地，我發覺我家是個無垠的世界，是小小圖書館，館內有我精彩的好作品，欣賞不盡的美景風光，有他喜歡的體育世界。

我們很喜歡這樣的家，雖然經常吃一碗五塊錢的陽春麵，但我們可以把牆上不同畫面的話題，當成菜來配麵，一碗麵可吃一個小時，甚至於更久，因為我們有聊不完的話題，因此我發覺我們好像沒吵過架耶！

我常覺得住在小屋裏的日子，是我這輩子最感快樂和充實的。後來房子要改建，我們不得不搬家。

如今有自己的家，房子變大了，牆壁又高又多面，很想要重溫舊夢，複製一個和過去一樣的房間，卻不知從何貼起。一方面牆壁高了，要貼要看諸多不便，再方面拜現在科技之賜，有電腦一切就可搞定。

儘管過去那種有趣豐富的日子回不去了，但我還是非常懷念，那個小小的卻充滿樂趣和溫馨的家。

105.3.16 《聯合報》

爲曾經擁有做見證

現在的人不管是親戚或朋友，因工作的關係分散四處，平時難得見面，所以大家要聚會時，為了方便會相約在餐廳用餐。因為在餐廳，所以上桌的菜都很講究，除了色、香、味俱全外，餐具的擺放也很有特色。為了不讓這樣的美食一下子變了樣，我會在用餐前先用手機拍下，分享親友並留下紀念。

我喜歡拍下它，一方面為我們的聚會留下不同的美食作見證。我認為這些可作為日後大家相聚時一個很美好的回憶，畢竟我們曾經擁有過，有圖為證也一定要比物過喉無痕來得更真實、更具意義。

另一方面這些美食可提供身為煮婦的我，有天忽然想吃那道菜時，做選食材搭配或排盤的參考。這是很珍貴的資料，因為我曾經享用過，知道它的味道，這要比在食譜裏隨便抓一道菜來做，會更實際、更貼切。

另外因為要拍照，難免會延誤一些用餐的時間，這樣親朋好友正好可利用這難得的機會，好好地聊聊，這何嘗不是因拍照而帶來的另一種收穫。

總之，能拜科技之賜，在用餐前拍下剛端上桌的美食，對我來說是充滿樂趣的，對在場的親友來說，因為我的拍照可為他們留下一幅幅美好的記憶，不也是美事一樁嗎？

所以只要有機會，我一定不會放棄這個可製造雙贏的機會，我何樂而不為呢？

104.6.7《自由時報》

規劃好就開心

前兩天受邀去參加一個有關退休生活的座談會。由於人很多討論又熱烈，其中受挫的比例很高，讓我覺得這問題有提出來的必要，免得再有人重蹈覆轍。

A先生夫婦一直住台北，總感覺生活緊張無趣。所以他們想退休後要住鄉下，過著與世無爭的生活。

六十歲退休之後，他們在苗栗鄉下買了一塊三百坪的地。他們把屋前屋後規劃成花園，左右兩旁準備種些蔬果。建地六十坪的三層樓的房子蓋在中間。

今年母親節，夫妻倆懷著輕鬆愉快的心情住進來了。一開始經常有親友來拜訪，漸漸地來往的親友少了，他們感覺被遺忘了。當自己開始種菜時，他們才發現種菜比想像中難，不灑農藥菜都被蟲吃掉了，雨只要連下幾天，菜都會爛掉，所以無法享受種菜的樂趣。

另外他們無法入鄉隨俗，進了客家莊，因語言不通，他們感覺進了另外一個世界。就這樣在生活上，處處無法適應，他們的農莊生活破滅。

B小姐五十歲，平時喜歡煮咖啡、喝咖啡，所以她的心願是退休後開間咖啡屋，當個咖啡店老闆娘。

她提早退休，花了兩個月遊山玩水，希望找個可開咖啡店的地方，最後選在宜蘭冬山附近。一大塊的地租金一個月只要八千元，她覺得有夠便宜，台北只要一個小店面，租金就要多一個零。

她把身上的八百多萬積蓄拿來搭屋建店，本以為從此就可一帆風順，沒想到鄉下地方喝咖啡的人不多，平時沒生意。她表示別人周休二日，她周休五日，只做假日。這樣的營業方式，讓她血本無歸。

C先生夫婦退休後，回南部鄉下，把空屋三合院整理成民宿，因沒有房租壓力，所有工作都由夫妻承擔，所以還勉強過得去。

聽到很多人不如意的經驗，讓我覺得退休後，不管做什麼決定，都要用心去規劃，大意不得，畢竟只有選對了，後半輩子才能快樂生活，否則只會帶來遺憾。

104.1.22《聯合報》

張爺爺站起來了

樓上的張爺爺八十歲了，半年前因中風造成半身不遂、行動不便，需要人照顧。

他的一對兒女為了要送他去老人護理之家的費用吵翻了天。女兒說，自己是潑出去的水，又沒分到什麼財產，她不想出錢。兒子說，爸爸是兩個人的，錢各出一半才合情合理。兄妹兩人最後沒有達成共識，氣得張爺爺非常難過。

他覺得自己真沒用，沒事生了這場病，為難了子女，於是他發誓，要努力地復健，讓自己重新站起來，這樣子女就不必為了他花錢又傷感情。他要子女給他半年的時間來做復健，他相信半年後就可以站起來。

就這樣，從第二天開始，張爺爺每天早上從他家五樓的門口，坐在地上用兩手抓住樓梯的欄杆，用像小朋友溜滑梯的方式往下溜。

由於右邊手腳無力，所以要移動一個階梯，對他來說都很難、很痛苦。有時弄得滿身大汗，花了大半天，連半個樓梯都還沒滑到。很多時候鄰居們在樓梯遇上了，不忍心看他氣喘噓噓，想伸手扶他一把，他都說：「不礙事！讓我自己來。」

他每天從樓上滑下來，再一階一階地爬上去。一開始手腳不靈活，所以很慢很慢，但他從不灰心，堅定的毅力從不改變。從一天的來回一趟，到來回三趟，他慢慢地爬出信心和希望。

就這樣，三個月過去了，他的右邊手腳開始不再僵硬，可以慢慢地小幅度伸縮。腳可以些微地移動後，他不再用爬的，站起來扶住欄杆，一步步地上樓下樓，每天不斷地做重複的動作。

四個月後他可以拄著枴杖，在附近公園散步，而且狀況天天在進步。上個月開始，他已經不需要枴杖了，雖然走的速度很慢，但腳步很穩。

看到張爺爺憑著一股堅強的意志力，咬牙度過一層層的難關，重新站起來，鄰居們無不給予熱烈的掌聲，並獻上最深的祝福。

真心希望所有在做復健的長輩們，多用心去克服困難，相信很快就可恢復健康了。

104.12.15《人間福報》

爸寶失婚記

最近幾年，每個家庭因為孩子生得少，所以很多父母對孩子的照顧都無微不至，能為孩子做的都做，該讓孩子自己做的也搶著做，於是產生了很多父母不在身邊時就無法照顧自己的「媽寶」或「爸寶」。

這些父母的心肝寶貝因此鬧出層出不窮的笑話，嚴重的還有因此夫妻失和而走上離婚之路。好友方梅育有一女，從女兒出生後，她老公就視女如命，從女兒換尿布開始，到長大成人，大學畢業到上班，都幫女兒洗衣服、整理房間，樂在其中，從無怨言。有人說女兒是爸爸上輩子的情人。這在這對父女身上，有了最完美的詮釋。

兩個月前，她年方三十的女兒結婚了，親朋好友們無不給予最深的祝福，然而兩個月後，卻傳來令人錯愕的離婚消息。大家都想不通，郎才女貌的一對，婚姻之路怎會如此短暫呢？後來才知道，新娘子是個爸寶，她沒有自理生活能力，爸爸不在身邊，就是個生活白癡。

原來她結婚後，洗過澡就把衣服放著，一天、兩天、一個月都沒洗；半夜想上一號，也懶得到廁所，就把一個餅乾盒放在床鋪底下使用；喝過的杯子或飲料盒子，就放在桌上長螞蟻、發臭，整個屋子活像垃圾場，氣得新郎倌無法忍受，最後這位爸寶願意結束婚姻，她覺得還是爸爸好，會照顧她。

我覺得父母愛孩子是天性，呵護孩子也沒錯，錯的是父母不該把孩子學習成長、自理生活、待人接物的人生課題和機會給剝奪了，讓他們離開了父母就沒有生活的能力。做父母的是否想過，有一天你們都老了，孩子該怎麼辦？所以放手讓孩子成長吧！

102.10.29 《聯合報》

不知道更幸福

在捷運站無意中遇到小秋，她和我是在花博當志工時認識的，花博結束後就一直未見過面，真沒想到兩人會在同一個站下車。

由於好久沒聯絡了，所以我們找了一間咖啡屋好好地聊聊。我看她氣色比以前好多了，不僅臉上多了笑容，話也多了，不像過去一天難得說上幾句話，身材也變得輕盈而且有活力，整個人年輕多了。

我告訴她：「看到妳神采飛揚、自信滿滿，我知道這些年妳過得很充實、很幸福。」她一開始笑而不答，過了一會兒才說：「這幾年慢慢改變了夫妻相處的模式，發覺婚姻之路並不是那麼難走，有了頓悟後慢慢找回了自信，所以夫妻的爭吵少了，恩愛多了，日子就快樂多了。」

原來她的另一半是她的上司，有過一段婚姻，還有一個五歲的小男孩跟著。一開始她是不忍心，看到對方要接送小孩，趕來趕去忙翻了，所以經常主動伸出援手來幫忙。也就是說，婚前她就知道另一半的一切，包括他偶爾為了孩子的事會和前妻見面或聯絡。

但結婚以後，小秋很在意先生和前妻的互動，怕會影響自己的幸福。於是她偷看對方手機，偷聽他講電話，或講話時有意無意中酸先生一下。諸如此類的事經常發生，也讓彼此心情不愉快，小秋一直認為，在這樁婚姻裏自己是吃虧的。

或許是她無法靜下心來對待婚姻，所以前五年她過得很不快樂，直到去上過幾堂心靈成長的課以後，她改變了夫妻相處的模式。

她不再對先生疑神疑鬼，不再查他的電話，有了不想知道的心，卻發現先生一直對她很呵護，很努力工作。此時她才發現，原來自己擁有一個可以託付終身的人，已經很幸福了。

她的放鬆讓先生少了無形的壓力，彼此的關懷增多了，小秋漸漸地感受到，不知道帶來的幸福，原來是這麼珍貴。

如今的她除了做志工，還學習國畫並上不同的課程，希望讓自己多多成長。

104.5.30《聯合報》

微薄之力

大年初一，一連一個多月的陰雨天氣，好不容易變好，陽光終於露臉了。

於是一大早我趁機到屋外去走走，在經過一個市場時，無意中聽到了這樣一段對話。

或許是大過年，攤商都在休息，所以整個市場只有兩個攤位在營業。一個是賣些錢包、絲巾、帽子之類的物品，由一位阿桑顧著。另一攤相距不遠，是個中年帥哥在賣草莓。

當時有兩個牽著孫子的阿嬤站在阿桑身邊，一個說：「妳真愛錢，大過年的，還出來做生意。」一個說：「妳不累唷！工作一整年了也不休息。」她們兩個你一言我一語的，讓阿桑沒有機會可以插上話。

剛開始阿桑一直陪著笑臉，好不容易對方停了下來，她才說：「看到台

南災區的朋友，因受災嚴重難過年，想想自己很幸福。又看到救難人員不眠不休地努力搶救，自己卻不能幫上什麼忙，感覺很慚愧。只好利用今天難得的好天氣，出來做點生意，說不定能賺個幾百塊，為災區的朋友盡點微薄之力。」

她的話讓身邊的兩位阿嬤一時之間說不出話來，也讓路過的我深受感動，忍不住地轉過頭去，投以尊敬的眼光。想想一個擺攤的阿桑，所賺的都是蠅頭小利，但她卻有願意幫助他人的心，希望能為災民做點什麼，此舉怎不令人感動？

我一直覺得台灣同胞很有愛心，每次哪個地方發生意外，大家都會發揮人溺己溺的精神，不分彼此地出錢出力，去幫助受害的災民，這是很可貴的愛心，也是台灣最美麗的風景。

聽到阿桑的話，我深感慚愧，因為我一直覺得，這麼大的災害，不是一個小市民捐的小錢可以解決的。我卻忘了積少可以成多，團結就是力量，我們應不以善小而不為。

阿桑的一句話，無意中讓我上了寶貴的一課，讓我知道付出不分大小，只要心中有愛，即使是微薄之力，也是很難得的。

105.7.28《醒世雜誌》

事在人爲

記得二十年前，我到荷蘭去玩時，當時他們正在推行節能單車，於是導遊特別安排一個下午讓大家騎單車遊「阿姆斯特丹」，大家邊騎邊欣賞路旁的鬱金香，以及風車建築，留下非常美好的回憶。

由於騎這樣的單車既節能減碳又零汙染，因此歐洲先進國家已經實施好多年了，而且頗受好評。最近幾年台北開始也有了youbike（簡稱「微笑單車」），推出後由於方便，騎到那兒就還到那兒，只要有設停車架的地方即可，不用騎回原本的借車處，帶給外出辦事的人許多方便，不像自己開車或騎車，需要找停車位。另外它收費非常便宜，所以深受歡迎。我就經常以它代步，既經濟又實惠。

自從有了「微笑單車」後，使用的人口增加了，穿梭在大街小巷，於是擦撞學童事件頻傳，讓家長很擔心。我認為騎車者應盡量騎在單車專用道上，這樣就和行人分開了，事故就少了。

我個人騎車會避過學校，如情非得已時，我也會用牽的，因為學生好動愛玩是天性，有時走著走著就玩了起來，然後你跑我追，這時一不小心就會發生一些意外。

我認為只要騎車者遵守交通規則，在學校附近或公園邊這些孩子多的地方多注意，老師和家長們也能常常提醒學生，在校外盡量避免追逐，免得發生擦撞，相信大家相互配合，意外將降至最低。

我覺得綠色交通蔚為風潮，是會帶來一些不適應，但只要大家用點心去做好，相信它帶來的好處是多方面的，我們就拭目以待吧！

103.1.5《國語日報》

有工作才有寄託

記得快到退休的前幾年，我每天期待著退休後可以無拘無束地過日子，既不用趕上班，也不用看老闆的臉色，更不必擔心被裁員，一顆心樂得輕飄飄的，連作夢都會笑。

剛退休時也的確過了好長一段與世無爭、輕鬆自在、快樂似神仙的日子。但當我想去玩的地方都去過了，想拜訪的朋友也拜訪過了之後，我發覺自己變得整天無所事事。

每天睡到自然醒之後，除了看電視，就夫妻乾瞪眼，每天晚睡晚起，不僅生活不規律，而且身體狀況也不理想。看著自己原本充滿活力的身體開始變形時，我告訴自己，不能再這樣繼續過著毫無目的的日子。因為我才六十出頭，後面還有二、三十年的日子要過，是該好好規劃並善加利用，否則太對不起自己了。

有了這樣的概念後，我把時間一分為二，每星期一、三、五做過去想學卻一直沒學的事，另外把多出來的時間，趁著體力還可以，找個事作作，不管收入多少，總比沒有好。畢竟要生活就得有收入，不能只靠退休金，以免坐吃山空。

而要找工作，對六十多歲的人來說是不容易的，於是我想做個小買賣。我到社區大學學作壽司，再去壽司店打工，看老闆如何做壽司，又如何把壽司賣出去。經過半年的努力，我把學來的方法加以利用，並不斷地改良壽司的造形和餡料。把自己認為最特殊的口味，分享左鄰右舍，讓大家嚐嚐看並提供意見，當大家都認為滿意時，我開始在菜市場擺攤，為我的事業第二春努力。

由於沒有經濟上的壓力，加上有工作就好的心態，我一星期作三天生意。每天清晨六點鐘左右，我用機車把事先準備好的米飯、配料載到市場並開始擺攤。因現做現賣，食材顧客看得見，新鮮又多樣，所以生意很好，每天約十二點，我就賣完收攤了。

做這個生意幾年了，幾年來我發覺自己不僅多了一份收入，而且因為做生意結交了很多朋友，大家都是家庭主婦，有很多話題可聊。最最重要的是，我的生活規律了，身體也變健康了。

我除了做生意，還利用多餘的時間學些年輕時想完成的夢想，例如學攝影。學攝影要添購器材，要到户外取景，我都把時間安排好，利用拍攝時去遊山玩水。幾年下來，玩過很多地方，當然作品也不少，有的參加比賽還得了獎。因為作品多，在子女的鼓勵下，還舉辦過攝影展，把收穫分享給親朋好友。

我覺得退休後是人生另一階段的開始，這時候人生的歷練多了，經濟也有了基礎，負擔卻比年輕時少了。

在這樣的人生黃金時代，是要好好地利用，有個工作做就有收入，作有興趣的事可讓精神有寄託，生命就變得充實有意義，這樣的人生才是豐富的。

104.9.9《自由時報》

先慎重考慮

外子因工作的關係，和一群同學、鄰居從南部的鄉下來到台北，一晃就已經五十多年了。

過去只有逢年過節，才回鄉和家人團聚，所以他們始終有個心願，退休後要住在自己的家鄉，住自己設計的房子。這樣不僅有衣錦還鄉的感覺，更重要的是可以和親人比鄰而居，更可享受田園生活。

就這樣，十多年前他們陸續退休後，一個個拿著大把鈔票回鄉蓋房子。房子又大又舒適，還有前庭後院，可蒔花種草。有了新房，每個周末就開車回鄉，即使要開五、六個小時也開心。

前幾年大家都這樣，快樂地南來北往，過著候鳥式的生活。然而隨著時間的消逝，大家的體力一年不如一年，無法負荷長途開車，只好借助大眾運輸。

由於鄉下地方交通不便，一趟趟的轉車換車，就把他們累趴了，根本就沒有體力再打掃滿是落葉的院子，至於種菜澆花只好暫停。

如今大家的年紀大了，親人長輩大多也凋零，加上鄉下地方生活機能很差，買顆雞蛋就得走好遠，更不要說萬一哪天身體不適，需要救護車時情況會如何。想到這些，他們現在不再提返鄉的事，那些房子成了蚊子屋，一年只有回鄉掃墓時住一個晚上。

我覺得年輕人回鄉，能讓事業及生活都兼顧當然最好。若老了再返鄉，許多生活上的條件，就得慎重考慮，免得後悔莫及。

104.3.29　《自由時報》

心定菜根香

幾位一起爬山的主婦朋友最近大概心情不太好，所以閒聊時抱怨連連。A說：「這是什麼世界呀！菜價一直這麼貴，水果也一樣，一斤香蕉六十九元，一斤地瓜四十五元，活到七十幾了，還沒吃過這麼貴的香蕉和地瓜。」

B也說：「錢真的變得很小了，一千塊打開，沒買到什麼東西就沒了，真的不知道怎麼過日子。」

C說：「生活費通通貴，不僅蔬果貴，麵包、麵攤的小吃，抑或早餐店的包子、三明治，也偷偷在漲價。又不是世界大戰了，物資在缺乏才來漲，真是莫名其妙。」

D說：「看著兩老的養老金一點一滴地在消失，心中會有恐懼感，因為不知道還要活多久。這些錢為了生活一直用，哪天年紀大了，多病多痛時，不知是否還有能力給自己妥善的醫療照顧。」

或許是她們都離開職場了，沒有任何收入，所能動用的就是那點積蓄，所能節省的，也就只有生活費，偏偏萬物皆漲，難怪她們會不安、會抱怨，畢竟錢不是萬能的，但沒有錢卻是萬萬不能。

聽大家都這麼說，陳大姊卻覺得，大家不用那麼緊張，換個方式思考，或許一切會比想像中好些。例如，蔬果價位高，那我們就選擇當季的來採買。這樣不僅可吃到新鮮的水果和蔬菜，也不會多花冤枉錢。

另外，若葉菜類的價格高，我們也可選擇根莖類的，相互配合，一樣營養豐富。

至於早餐店的東西都在漲，那我們就自己來準備。想吃什麼就準備什麼，想吃多少就準備多少，這樣既省了荷包，又不浪費食材，一舉數得，何樂而不為呢！

其實萬物皆漲，不是一般人可以改變的，也真的是難為掌廚的主婦了。但大家若能定下心來，好好地用心選擇不同的食材，做不同菜色的搭配，同樣可讓家人享受豐盛的餐點，就看妳如何善用智慧了。

畢竟，「心定菜根香」是不變的道理。

105.5.25《人間福報》

良師益友

夏日午後向晚時分，涼風送爽，夕陽的金黃餘暉灑滿了院子。我和張老師坐在矮凳上閱讀《國語日報》，鄰居成太太看到了，走了過來，笑呵呵地說：「兩位是退休的人了，還看《國語日報》，真是太可愛了，老人還看小朋友的報紙！」我們兩個頓時被這突如其來的問話愣住了，然後相視而笑。

其實我們家在民國六十八年就訂了《國語日報》，從黑白印刷到今天的彩色畫面，我已經記不得看了多少年了。只記得當時家裏的孩子剛上小學，我每天先把報紙大約看一遍，再把適合他們程度的部分做個記號，要他們用念的，把每個字念出聲音來。剛開始的幾天，他們覺得用念的很奇怪，不太配合，我自己立刻以身作則，坐在他們身邊，一字一句地念。不會念的字，就用注音符號拼，很快就學會。利用機會讓他們看到，念的要比看的更能增加記憶。習慣念的之後，我漸漸地增加要念的範圍，以循序漸進的方式給予引導，一學期過後，我明顯地看到成效。因為是用念的，所以口齒變清晰，口語變得更流暢，而且無形中比同齡孩子多認得很多字，課本上還沒教的，在念報紙時就無意中學到了。

小二暑假期間，我每天在報上選一篇短文，讓他們念完後就練習寫一篇同樣題目的作文，也讓他們練習看圖說故事，結果小孩子因領悟力強，效果比想像中好。而我這個伴讀的，也因為透過報紙一起學習，也開始練投稿。

隨著年齡漸長，我不再操心，因為他們已養成念報的習慣，還會在不同版裏，學到許多珍貴的知識和資訊。

由於《國語日報》在不同的版面裏，都有不同的內容，不管天文地理，或人文藝術及科技，都是我們母子學也學不完的。家庭親子版裏，還會順應著不同的話題，做不定期的舉辦徵文，集思廣益讓大家受惠。

家中訂報幾十年了，我們一直把它當做不說話的老師，因為幾十年來，我們一家在它的陪伴下，獲得很多的知識，讓我們學習成長，所以它是老少咸宜的最佳優良讀物，也是我們的良師益友，小朋友們愛讀，更是老朋友不可或缺的精神食糧。

102.10.25《國語日報》

第三輯

互動篇

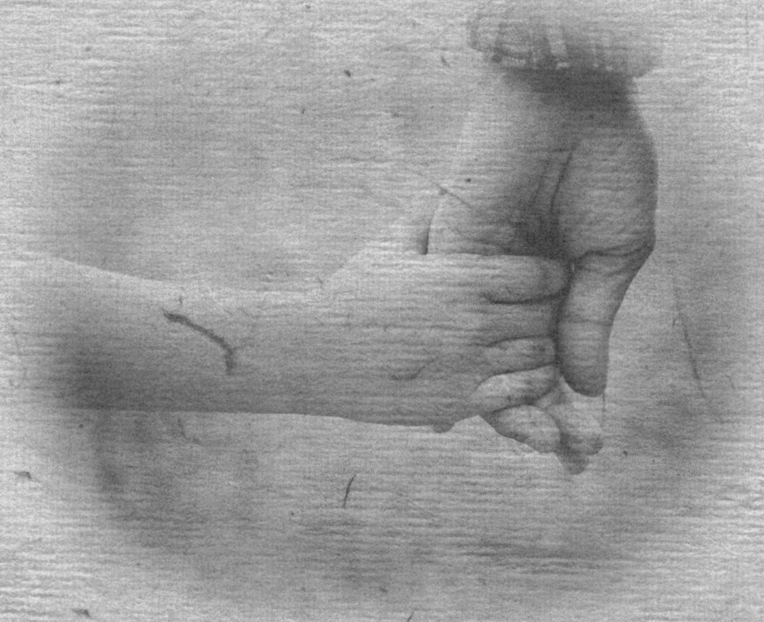

奔向自然

其實漫長的暑假對一個學生來説是很期待的，因為可以利用它，去做些不影響功課，又可學習成長、增廣見聞的好事。

由於我是為人父母，通常我會依照孩子的大小、經濟的能力，或時間的搭配，做最完整的設計，讓孩子擁有最難忘的暑假。我喜歡讓孩子走出屋外，奔向自然，這是既方便又省時的。不管是到公園或遼闊的鄉間，讓他們接受大自然的洗禮，去認識花草樹木。家長們可趁機給予機會教育，告訴孩子某些植物的習性，包括是否有毒、是觀賞或食用、它開花的季節、果子的成長等等相關的知識，可讓孩子們做筆記增加印象，也可以錄影下來，隨時可觀賞、回味。

除了植物，也可讓孩子們分辨昆蟲、花卉，聽聽蟲鳴鳥唱，看看日出日落、月圓月缺，體會書裏學不到的，大自然裏最珍貴的現象。也可以帶他們逛逛傳統市場，讓他們看看蔥和蒜有什麼不一樣，冬瓜和西瓜有什麼不同，鱔魚和鰻魚如何區別，所謂一串葡萄、一顆荔枝怎麼分。諸如此類的學習機會，是需要時間和家長們的參與，才能讓孩子們從生活中去學習，從學習中得到快樂。

暑假是個學習的好時機，能善用它去拓展生活的領域，以及學習的空間，必能從中得到許多無形收穫，讓一生受用無窮，當然也是一生最珍貴的回憶。

102.6.30 《國語日報》

少點意見，多點祝福

上星期天樓下陳家嫁女兒，早在很多天前，陳家夫婦就告訴我，女兒結婚當天希望我能去幫忙。

他們覺得女兒結婚那天，他們夫妻的親人都要來台北喝喜酒，怕到時候萬一為了一些傳統的習俗有意見，這時候由我這個外人來處理會更圓融。

陳先生家是講台語的，陳太太家是講客語的，自古以來這兩個族群生活文化就有很大的差異。所以結婚當天，來自南部的叔伯姑嬸，和苗栗來的舅媽阿姨們，對每個環節都意見不同。

迎娶時辰是中午十一時至十二時，十一時一刻禮車來了，女方要派一個男生捧托盤去接新郎。托盤裏要放什麼禮物，這時雙方就有意見了，一個說要放橘子才吉利，一個說要放蘋果才平安。

我順手在茶几上拿了兩顆圓圓的金黃色蛋黃酥，就完成了儀式。

新郎進門後，要請男方來的人吃甜點，一方說吃湯圓代表圓滿，一方說要吃甜的桂圓湯才會早生貴子，讓掌廚的人很為難，我拿來現成的甜味紅茶就搞定了。

新娘要離家時，一方說新人要跪在地上拜別父母，一方說新郎不能跪，因為他不是入贅的。由於現場人多，客廳又小，我建議新人一起向父母深深一鞠躬，感謝父母的養育之恩。結果新人行禮後，還給父母來個大擁抱，讓大家非常感動。

新娘踏出門時，一方要新娘子回頭看，以後生的孩子才會孝順外公外婆，一方認為不能回頭，嫁人了就不能還想著娘家。我要新娘子展開笑顏，當最美麗的新娘。

過去常聽朋友說，很多年輕人相愛多年，不談婚事時一切很好，只要提到婚事，雙方親人就會各持己見，互不相讓，弄得雙方不愉快。

每次聽到時，我都認為那是異數，沒想到那天我在第一現場，親眼見證到親人們因習俗所帶給新人的困擾。

其實結婚是好事，大家就少點意見、多給祝福吧！讓新人有個最快樂難忘的婚禮。

105.1.5 《聯合報》

人老不能窮

以前不懂事，聽到「人老不能窮」這句話時，我會持質疑的態度，總覺得人老了，有子女照顧，窮不窮無所謂。但自從目睹親友間連續發生了兩位老人因生病，自己身上沒有錢，子女又不願意負擔時，我才深深地體會出這句話的涵意有多深。

陳爺爺今年八十八歲，兩個女兒都已經成家，但是生活不是很好。最近幾年台北房價飆高，女兒建議陳爺爺不如把房子賣了，把錢存在銀行，再用利息租屋，這樣手邊有現金，生活可以過得很好。

陳爺爺因為身邊沒什麼積蓄，所以聽了女兒的話，把房子賣了，自己租屋獨居。

一開始女兒們沒什麼要求，但三、四個月後，兩個女兒常找他，希望陳爺爺能各借她們五百萬周轉一下，這樣陳爺爺身邊還有兩百多萬可用。陳爺爺覺得自己老了，沒什麼開銷，這些錢夠用了，反正以後剩下的也是給女兒，所以答應了。

這兩、三年來，陳爺爺的身體一直不好，女兒幫他請外傭，沒想到陳爺爺因經常進出醫院，增加了開銷，還不到四年，所有的錢都用光了，如今連生活都困難，而女兒卻相互推拖。

另一位張伯伯，退休時領了四百多萬，加上老婆生前留下的，約八百萬元。兒子知道後，三番兩次地想盡辦法找他借，每一回都用親情攻勢，說想自己創業。張伯伯心想，兒子說的也沒錯，自己就這麼一個兒子，錢早晚都是他的，要創業也是好事，總要給年輕人機會吧！

他兒子先拿了四百萬，去和朋友一起開餐廳，因房租貴加上生意不好，硬撐了半年就關門了。兒子不死心，又把張伯伯剩的錢去買遊覽車，結果也因經營不善而結束了。

或許張伯伯打擊太大，前陣子病倒了，居然沒錢就醫，讓鄰居們都感到很驚訝。

我覺得父母在幫助子女時，要先評估自己的能力，畢竟世事多變，身邊總要有些積蓄以防萬一，這兩位長輩就是最好的見證。

103.3.28《醒世雜誌》

轉個念！心痛會少些

我常覺得有時候心結太沉重時，若能轉個念，心痛會少些。

周日去醫院看個朋友，一見面她就哭著說：「女兒已變態，真丟人，我沒臉活了。」我握住她的手安慰她，先放下心來，把傷養好才是重點，也告訴她有些事若能轉個念或換個角度看，事情或許會比想像中簡單得多。

好友的女兒聰明、美麗，從小乖巧、會念書，求學路順遂，今年大三了，過去她一直以女兒為榮。

今年暑假過後，剛開學不久，女兒帶來一位同樣年齡、長髮披肩、五官清秀的女孩回家，雙雙牽著手來到她面前，女兒向她介紹：「媽！這是我女朋友，我們彼此相愛。」沒等女兒說完，她先甩上一巴掌，再罵一些不堪入耳的話。女兒嗚著臉大聲地說：「我又沒做錯什麼，有必要罵這麼難聽嗎？

我是您女兒耶！」

那天晚上母女倆就這樣你一句我一句的，彼此互不相讓，後來她氣不過，就從陽台一躍而下，造成全身多處骨折，傷勢嚴重，如今在醫院敷了石膏，全身動彈不得。

其實她曾說過，女兒從小就愛和女同學親近，念國中及高中時，也愛牽女同學的手，念大學後從不接男同學的電話。她本以為是女兒怕羞，卻沒有發現女兒有喜歡同性的傾向，因此母女不曾為此溝通或討論過。

等女兒向她告白時，一向觀念保守的她，一時之間受不了這樣大的打擊，才會作出如此激烈的反抗。

其實世界上很多心理醫師做過同性戀者的研究，結果認為那是特殊的人格特質，他們愛同性，就和一般人愛異性一樣的自然，沒有所謂的變態或不知羞恥。

現在父母難為，但發現子女有同性傾向時，應先停下腳步，相互溝通瞭解，別一反對就來個要命的動作，這是很不好的示範。我常想父母在面對這樣的難題時，若能轉個念，換個角度想，或許痛會少些，因為多了一個女兒或兒子，也沒什麼不好，至少一家平安。

103.7.25《人間福報》

揚帆

這幾天我家附近的菜市場在辦喜事，轉角賣菜的阿翔成了對門水果伯的女婿，消息傳來，大家都給予最美麗的祝福。

阿翔的媽媽一直在賣菜，年輕時喪夫，為了生活，白天賣菜，晚上在夜市當洗碗工。由於工作忙，疏忽了念國中正在叛逆期的阿翔。阿翔一路不學好，最後淪為階下囚。

兩年前阿翔獲得假釋出獄，因為找不到合適的工作，只好留在媽媽身邊幫忙賣菜。

或許是曾經走錯路，也或許是他親眼目睹日漸蒼老的媽媽是這般的辛苦，所以他很努力幫忙，而且他很懂得產銷哲學，對婆婆媽媽很尊敬。

他若是看到顧客提著大包小包時，都會問對方是否趕時間，不趕的話，等他收攤時會幫對方送到家。他的服務到家很受歡迎，很多買菜的人會「順便」多買一些，反正不必自己提。也因此他參與後，生意比以前媽媽一人時好很多。

或許是阿翔在菜市場找到他人生的方向，他除了照顧好菜攤生意外，也兼差幫朋友送貨，想多賺一些錢。因為他努力工作，對人謙虛有禮，又無任何不良嗜好，所以沒有人知道他是再生人。

由於他吃苦耐勞的表現，讓對面水果伯很欣賞，願意把女兒許配給他。一開始阿翔不敢接受，他向水果伯坦承自己的過去，他很怕自己配不過「善良」的水果妹。

經過了半年後，水果伯還是覺得這個年輕人不錯，除了努力打拼之外，應對進退都很得體，這樣的孩子是可以託付終身的。

就這樣，賣菜王子和水果公主成了一對佳偶。他們沒有去度蜜月，結婚第二天就到市場做生意了。阿翔體諒水果伯人手不夠，忙不過來，所以新娘子還是在水果攤賣水果，收攤時阿翔還會過來幫忙。大家很羨慕水果伯運氣真好，多了一個得力助手。

阿翔很感謝岳父母給了他一個重生的機會，他會更努力工作並孝順他們。看到阿翔成家立業，展現新的人生，我衷心地祝福他一帆風順。

103.9.12《聯合報》

是人才，就不會被埋沒

有人說：「只要是人才，就不會被埋沒，早晚會被發現的。」這句話在我的朋友身上，得到最完美的詮釋。

他是某大企業的負責人，他告訴我，他喜歡在不同的領域上找人才。有一回他開車去洗，把車交給洗車的年輕人之後，他就去辦別的事了。回來拿車時他發現，四個輪子的中心沒有洗乾淨，他告訴年輕人，下回這個部分請加強一下，對方邊喝飲料邊點頭。

第二次他再來洗車，結果還是一樣，他只好再換一家。後來他發現，這一家洗車的年輕人，不但把車子洗得很乾淨，而且非常有禮貌。為了要瞭解這個人，車子在洗時，他坐在遠遠的地方「看報紙」。偶爾偷瞄一下，他發覺這年輕人很細心，每個小角落都不厭其煩地一擦再擦，雖然滿身大汗，也不敢偷懶。

每次他來拿車，年輕人除了謝謝他捧場外，還希望他把他沒做好的地方說出來，讓他可以改進。經過多次的接觸，他知道這年輕人因家境的關係，只有高職畢業，就工作負擔家計。

他後來把年輕人請來擔任司機，只負責接送他上下班，其他的時間就讓他多看書，結果考上大學夜間部。念完大學後，就在他家公司上班，邊工作又邊進修，然後完成碩士學位。

據說他公司有幾個一級主管，都是他在不同的領域發現的，經過他用心栽培，個個成了忠心賣力的好助手。替公司開發了不少新產品，增加了很多營業額。

因此我覺得每個人都要努力充實自己，做個有實力的人。在從事任何工作時，也要全力以赴，相信有朝一日，你的努力一定會被發現，還會被提拔。

103.11.28 《醒世雜誌》

又見貴人

有人說「世界真小」，有時候你會不經意地在一個很小的地方，遇上好久不見的親友，如今想來還真有那麼回事。

我已經很久沒到通化市場做生意了。前兩天再去時，不僅生意不錯，而且還遇上了已幾十年未見、剛從美國回來、九十高齡的張奶奶。

張奶奶是我的貴人，四十年前當我在通化街租屋時，就和她是鄰居。當時我要帶小孩，另一半薪資又少，我很需要一份收入來貼補家用。但我偏偏一職難求，因為沒有人要僱一個揹著孩子工作的人。

當張奶奶知道我的困難後，她問我願不願意幫忙她的家人洗衣服，我點點頭，且非常感激她願意給我工作機會，讓我每天可以帶著孩子到她家洗衣服。在洗衣機尚未普遍時，很多人家是有請洗衣工的。

當時張家是三代同堂，家裏大小有十七口人。洗一個人一個月衣服的工資是三十元，也就是說，我一個月的工資是五百一十元，這對當時的我來說，是一筆大數目。

張奶奶當時有個兒子在美國定居，所以家人常會到美國住上一個月或兩個月。每次有人出國，在算工資時，張奶奶和小孫女會拿著筆在加加減減，該給多少工資，我常在她們還沒答案時，就說出數目。

這種情形經過幾次後，有天張奶奶對我說：「太太，我發覺妳很會算帳。像妳這樣聰明的人，來當洗衣服工可惜，應該去做點生意會比較好。」

張奶奶的話讓我愣住了，本以為是我工作不認真，或是帶著孩子，難免有時會哭鬧吵了她們，所以要把我辭了。

張奶奶看我一臉錯愕，就說這是她的想法，她認為做點生意，絕對比當洗衣工好，不僅每天有現金收入，而且收入會高一些，時間也比較自由。

聽她這麼說，我才瞭解她的用意。但我告訴她，自己也沒做生意的經驗，更何況做生意要本錢，而我什麼都沒有。她說她有個親戚在菜市場賣菜，她認為由她出面請他幫忙，絕對沒有問題。

就這樣，她帶著我去找攤商，她要求他每天批貨時順便多帶一些蔬果讓我賣，這樣成本少，而且不用自己去批發。

他很熱心，從第二天開始，每天就幫我帶一大綑蔬菜和半箱水果。我每天一大早，就揹著孩子到市場。把他分給我的蔬果整理乾淨，把菜分成小把，把水果分裝在小袋，擺在市場的角落，就做起生意來。

因為剛學做生意，又要帶小孩，所以東西不敢拿太多，怕賣不完，因為量不多，所以早上十一點鐘左右，我就把它賣完了，而且都有幾十元的利潤。也就是說，我擺攤做生意，真的比當洗衣工好，時間短且收入也多些。這時我才體會到張奶奶的用心和好意。

當孩子漸漸長大後，我不再麻煩他人幫我帶菜。我學騎機車，改賣些自己做的手工包包，或批些攜帶方便的小東西。因為種類多了，收入也多了些，除了家用還有餘錢，讓我有能力購屋。有了自己的房子後，我搬離了通化街，而此時，張奶奶一家也移民美國。

雖然這些年孩子已長大成人，我也少了經濟壓力，但只要有空，我還是會到市場做點生意。因為我很喜歡這份工作，在市場可看見有趣的人生百態。有人愛貪小便宜，但有人卻很大方，真是無奇不有。

另外，從做生意中，可讓人學會和客人互動時的應對進退，在無形中學到很多書本上學不到的禮數或知識。諸如此類，都是當初未做生意時從未想過的。

有人說，在生命中能遇到貴人相助，是一份很大的福報。我想張奶奶就是我的貴人。很感謝張奶奶當初的建言和幫助，不僅讓我解決了經濟的問題，還讓我體會到做生意的樂趣和一些眉眉角角。

真沒想到人生何處不相逢，幾十年過去了，我竟然還有機會遇上她，而且能親口跟她說聲「謝謝」，你說這是不是大福報嗎？

105.5.5 《聯合報》

無盡的愛

母親節那天下午，我應邀去參加一個社區的母親節慶祝活動。它表揚的不是原生媽媽，而是表揚俗稱的「繼母」。

近年來由於社會形態的改變，有的爸爸因喪偶或離了婚，家有孩子無人照顧，在不得已的情況下再婚，於是家中有了「繼母」。偏偏在人生的舞台上，「繼母」這個角色最難演，吃力不討好，也容易被忽視。但許多新媽媽卻默默地付出她們的愛，對前妻的孩子視如己出，讓她們的「孩子」從排斥到接納，其中的艱辛不足為外人道。

會中都由當子女的來講述他們和「繼母」相處的過程，每個故事都溫馨感人、讓人落淚。有位年輕人說，他國三時媽媽因病過世，由於爸爸工作的關係，沒辦法照顧他，就娶了新媽媽。新媽媽的出現讓他處處反抗，他沒有辦法接受別人來代替他的媽媽，所以他背著爸爸把便當倒掉，冬天時關掉她的洗澡水，什麼事都敢做，但新媽媽從無怨言。大一那年冬天，爸爸在大陸工作，他發生車禍，因失血過多需要輸血，這時這位媽媽義不容辭地捐血救了他，讓他保住性命，當他醒來知道這件事後，羞愧得無地自容。

另一位小六的女生，她有輕度智障，四歲時媽媽遺棄了她跟人跑了。新媽媽是爸爸的同事，因為同情爸爸才嫁給爸爸。新媽媽來了後，除了帶她四處求醫，耐心地陪她復健，一筆一畫地教她認字，還要照顧她的生活起居，雖然辛苦，卻一直是和顏悅色。最讓她感動的是，當別人投以異樣的眼光時，媽媽都會安慰她、鼓勵她，讓她更有信心，表現越來越好。如今她的功課已可以趕得上進度，最最重要的是，她在媽媽日日相伴下，學會了彈一手好琴。她非常感謝媽媽一路走來不離不棄，讓她能正常地成長、茁壯。

一個特別的母親節，就在這些孩子們的感恩聲中圓滿落幕，令在場的人起立鼓掌許久許久。

102.6.30 《聯合報》

外省仔女婿

一大早就在公園裏，看到拄著枴杖的鄰居張先生，陪著坐自動輪椅的丈母娘在散步。

張先生是阿芬的老公，戰後跟著叔叔來到台灣，叔叔過世後就沒親人了。阿芬出生在嘉義海邊，十歲失怙，小學畢業後就到工廠當女工，賺錢幫媽媽扶養弟弟妹妹。

阿芬二十歲時認識當領班的張先生，論及婚嫁時媽媽反對，不能嫁外省仔，因為媽媽不會講國語，張先生不會講台語，溝通有困難。但最後還是看著女兒當了外省人的媳婦。

婚後阿芬一直住在台北，但夫妻經常帶著兒女回娘家看媽媽。張先生和丈母娘雖然語言不通，但他非常孝順，每次回去又是紅包，又是禮物，讓丈母娘很開心。

最近幾年丈母娘年紀越來越大，有慢性病又不良於行，需要人照顧，但阿芬的弟弟們都說自己要養家，沒有時間照顧媽媽。

張先生知道後，帶著阿芬回娘家，希望把丈母娘接來同住，但被丈母娘拒絕了。理由是自己有兒子，不能去住女婿家，加上女婿是外省仔，語言又不通，所以還是堅持住鄉下。

儘管阿芬媽不來台北，但是缺人照顧是事實，而且要經常進出醫院，最後只好來住阿芬家。阿芬六十歲了，一直都在當清潔工，每天早出晚歸的，也就是說，阿芬不在時，媽媽的一切都由張先生照顧。

他幾年前因發生意外，摔斷了左腿，為了走路方便和安全，所以一直拄著枴杖。他為了讓丈母娘進出方便，特別買了電動車送她，每天帶著丈母娘逛市場，買些水果蔬菜，然後料理給丈母娘吃。

為了讓丈母娘四處走走更健康，他早晚陪她到公園運動，扶著欄杆練習走路、鍛鍊腳力，希望有一天可以不用電動車。或許是張先生一直都很用心地照顧丈母娘，所以她的身體比剛來的時候健康多了。

每次鄰居們看到阿芬媽，都會說：「伯母，您氣色很好喔！」她都會立刻回答：「這都是外省仔女婿的功勞。」我們聽了都會點頭。

103.12.5 《人間福報》

洋女婿過羊年

鄰居高家大女兒珊珊去年底在美國結婚，嫁了一個藍眼睛、金頭髮、白皮膚、身高一百八的帥男孩。

今年是她婚後第一個農曆年，所以小夫妻一起回台灣過新年。或許是因為國情文化的不同，這位洋女婿從除夕的拜拜開始，就不斷地鬧出笑話，讓旁邊的人也笑意不斷，無形中增加了過年的歡樂氣氛。

當他看到春聯上「三陽開泰」的「陽」字，是用一隻「羊」的形狀代表時，就問動物這麼多，為什麼會用羊，而不用鯨魚或袋鼠更有趣呢？這時新娘子只好給他慢慢地機會教育，把中國文化的博大精深宣揚一下。

另外對於拜拜的牲禮，以及過程中的燒香、燒紙錢和放鞭炮，他也有疑問。他覺得人走了，懷念就好，獻上一束鮮花，都要比拜大魚大肉好。因為拜什麼，對方都吃不到，更不會用錢，所以做這些動作於事無補，更何況還製造了空氣的汙染，這是很不可取的。

他說得有點激動，新娘子忙安撫，並告訴他這是傳統文化，是慎終追遠的儀式。他聽了還是覺得不可思議，珊珊搖頭笑著說，還好他說的是美國話，大家聽不懂。

提到放鞭炮，這位洋女婿的膽子可不比身高大。第一次聽到噼哩啪啦的聲音，他還以為是爆炸案，急得不知所措、臉色鐵青，拉著新娘子四處逃竄，讓在場的人忍不住笑出聲來。

聽說當天晚上，他偶爾被零星的鞭炮聲吵醒，就不敢再睡了，因為他一時之間無法把鞭炮聲和爆炸聲分開。

年初二的家庭大聚會，因為高家家族大，各種行業的人都有。當他看到有人吐檳榔汁時，急得大喊快叫救護車。但又看到大家無動於衷時，很生氣地用英文說「太冷血了」。這下可又要麻煩新娘子來說說國情了。

一個洋女婿來到台灣過了一個羊年，不僅讓我看到國情的不同，而延伸出不同的趣事，相信這些對洋女婿來說，也會是一個難忘又有趣的新年。

104.3.10 《人間福報》

雪中送炭

最近上菜市場時，會看到右邊轉角處賣衣服的攤子上，多了一個四、五歲的小男孩，黑黑瘦瘦的但卻很機靈，有事沒事就喊著：

「快來買衣服喲！很便宜的！」

雖然他個子小，但吆喝時自然的模樣，卻比同年齡的孩子成熟很多。有天我在挑衣服時，聽到小朋友叫老闆娘「乾媽」，我抬頭看了一下，把好奇的眼光轉向老闆娘。

由於曾經和老闆娘買過幾次衣服，所以我們算是舊識。老闆娘知道我好奇，趁著沒有客人，她告訴我小男孩的故事。

小男孩的爸爸念高職打工時，和一起打工的女同學有了小男孩，因雙方家長沒有適時地處理，讓無辜的他來到這個陌生的世界。

由於沒有婚姻的約束，小媽媽被家人送去大陸，一直沒有再出現過。小爸爸因工作不穩定，無法照顧小男孩。去年一直照顧小男孩的奶奶又生病了，一時之間小男孩成了小小流浪漢，衣衫不整地每天在巷子裏晃來晃去的。

老闆娘知道後，透過里長伯去徵求老奶奶的同意，暫時把他接來家裏住。由於她家孩子都外出工作了，生活環境也不錯，所以她想幫助一下小男孩，等他奶奶病好了，再把他還給老奶奶。

為了讓小男孩學習如何參與團體生活，老闆娘讓他上幼兒園，也經常帶他到圖書館，看看畫冊、認認字，並買些教學DVD，讓他從不同的畫面中學些新的東西。

在生活裏老闆娘很用心地在陪伴小男孩成長，只希望在自己的努力之下，能弭補小男孩生命中缺少的部分。

老闆娘將小男孩視如己出，給予規律的生活，教他很正面的生活禮儀，讓他言行得體，有個很快樂的童年。

小男孩也很懂事，假日時會跟著老闆娘到市場做生意，也學會了簡單的吆喝技巧，讓路過的人眼睛一亮。

很祝福小男孩，能遇上熱心助人的老闆娘，讓他在最無助的時候，能得到適時的幫助。而老闆娘願意雪中送炭的精神，更值得大家敬佩。

104.5.25 《人間福報》

我是家庭主婦

昨天陪媽媽坐計程車，司機是四十歲左右、長得很清秀的少婦。由於她在我們坐定後，很有禮貌地向我媽媽打招呼，就這樣大家聊了起來。

她告訴我，她是家庭主婦，因失婚而一無所有。媽媽看著她帶著兩個小一、小二的孩子，靠著25K託嬰的薪水，要租屋過日子，在台北生活真的不容易，於是找弟弟商量，看要如何幫助她。

已在工作未婚的弟弟希望她搬回娘家同住，一方面大家同住可以互相照顧，也可以省下一筆房租。

她搬回家後，家人又鼓勵她要重回職場，因為婚後為了照顧孩子，她成了全職的家庭主婦，脫離職場很多年了。

如今一時之間要外出工作，對她來說是有點恐懼的。經過家人多次的評估，她選擇了自認為強項的開車。因為過去她一直很喜歡開車接送小孩，開車對她來說，壓力要比去上班少，所以她選擇開計程車。

她覺得開計程車時間可自由調整，也可以接觸不同的人，體驗不同的生活。有了目標後，她先考職業駕照，接著弟弟幫她買來全新的車子送她。

對於弟弟送的厚禮，她感激不盡，但她希望自己能每個月攤還一些給弟弟，因為她覺得家人對她的照顧已經夠多了。

就這樣，她從一個家庭主婦，變成了計程車司機。每天孩子上學後，她開始出車營業，孩子放學後，她就回家陪小孩做功課。

由於她是單親媽媽，開車又細心，待人又親切，所以鄰居們都包她的車送小孩上學，或接送上下班，也就是說，她的客源很穩定，相對地收入也不少，母子的生活也就安定了。

她覺得離婚婦女在最困難的時候，非常需要家人的支持，她很幸運有家人的幫助，才走出陰霾。

她還告訴我，開了計程車後，她發覺開計程車是一份很適合家庭主婦的行業。成本不多，也沒有業績壓力，時間自己調整，收入也算穩定，希望有需要的朋友可以參考。

104.8.26《聯合報》

模範父親的背後

父親節那天，去參加了一場模範父親的頒獎典禮。

在領獎的過程中，每位模範父親都可以分享自己的故事。陳爸爸是一位某私立大學的教授，原本有個幸福家庭。

二十多年前，任職於私人公司會計的太太，因財迷心竅，挪用兩千多萬的公款，自知難逃法網，對不起親人，於是在毫無預警的情況下結束了一生。當時兩個兒子一個小一，一個小三。

突然家遭巨變，不擅廚事的他，沒有能力料理三餐，於是父子三人每天都吃便當。

為了能就近照顧兒子，他幫兒子轉學到他上班附近的學校，這樣兒子放學後就在爸爸上班的地方作功課和看書，然後一起回家。

回到家他練習洗衣服，做所有未曾做過的家事，還要面對孩子的叛逆，和夜深人靜時的孤單。回首來時路，他表示一言難盡，如今總算走過崎嶇路，兩個兒子都在不同的領域有傑出的表現。

另一位張爸爸，上有九十多歲、失智多年的老父。在十多年前，他父親七十幾歲時，因一次的意外頭部開刀後，就有輕微的失智。當時他們夫妻和一個小六的女兒，是和父親同住。

父親常因為記性不佳，忘了自己的東西放哪兒，於是怪媳婦把它偷了或藏了。媳婦受不了公公的言行，要求搬出或離婚。張爸爸體諒父親，年輕時因從軍從大陸到台灣，經過戰爭浩劫，好不容易才活了下來。媽媽幾年前走了，如今他是父親在這世上唯一的親人。他不能棄父親不顧，於是答應妻子的求去，一個人扛起家裏的一切。

他從經常到國外出差的一級主管，轉調為有周休的上班族。雖然薪資少了一半，但想到有多一點時間可以陪伴父親就很開心。就這樣，他努力學習當兒子，又要父兼母職，讓女兒能順利成長，真是甘苦備嘗，如今總算平安了。

聽到這些看起來堅強勇敢的父親，說出了不為人知的故事，在場者無不起立，給予熱烈掌聲。

104.2.28《醒世雜誌》

一樣老闆兩樣情

樓上張太太有個小百貨鋪，她的貨源來自後火車站的批發店。每隔三到五天，她就要去補一趟貨。

那天我們無意中搭了同一班捷運，她告訴我要去補貨，還問我要不要同行，懷著一顆好奇的心，我點點頭。

第一站我們進入延平北路的巷子，一間約十坪大的店面，掛滿了大大小小的用塑膠布做成的包包。老闆是三、四十歲的年輕人，長得高高酷酷的，他忙著滑手機，抬頭望了我們一眼，又繼續忙他的。

張太太撿好貨，請老闆結帳。他一邊算帳，一邊滿臉不悅地說：「妳們很奇怪耶！補那麼少幹嘛來？我們是批發店耶！」

張太太連忙說：「其實我也想多拿一點，多賣可以多賺，但實在是現在生意不好做，只好保守一點，免得壓本。好賣的話，我賣完就來補啦！」銀

貨兩訖後，老闆連個謝字都省了。

踏出店門後，我跟張太太說：「我覺得這個年輕人不適合做生意。」張太太笑說：「古早人早就說啦，要生個會做生意的孩子很難，不是沒道理的。」

第二站是華陰街的皮件行，年約六十出頭、個子不是很高的老闆，一見到我們進門就說：「來坐！要不要先喝杯水？」我們連忙說：「謝謝！」

當張太太要結帳時，店裏還有別的客人，兩位店員都在忙著，老闆立刻過來招呼。在結帳的過程中，老闆不斷地介紹新產品，並希望有需要時，可以拿一些去賣賣看，說不定可以賺個便當也不錯，畢竟不同的產品，有不同的消費群。

我們要離去時，老闆還說：「真多謝您們的捧場，以後有經過就進來坐坐、喝杯水，我們的產品經常推陳出新，會讓您們生意興隆的。」

補完貨在回家的路上，我想著今天的兩位老闆，從他們言談舉止中，讓我上了一堂教室裏學不到的珍貴課程。

有人說生意越難做，就要越用心檢討改進，從產品及服務的態度上製造商機，讓客人願意再進門。從這次的經驗中，我已經印證了它的涵義。

105.1.1《人間福報》

老母與么兒

那天回婆家，又在三合院的曬穀場上，看到九七高齡的堂嫂，和她年近六旬的么兒——阿泉，母子倆總有說不完的話，不時還傳來陣陣的笑聲。

記得七、八年前，年邁九十的堂嫂，因洗澡時不小心滑倒，從此手腳不靈光，無法自理生活，必須找人來照顧，但一時之間又請不到人。而當時剛從職場退休的阿泉正好閒著，便自告奮勇地表示，他願意離開台北的家，獨自回南部鄉下照顧老母。

幾個兄弟知道後，都非常感動。想想老媽可以在自己熟悉的家裏過日子，又可由最親的家人來照顧，那真是最好不過了。畢竟這樣總比和一個語言不通、生活習慣不同的外人一起生活，要好太多了。只是這樣一來，是否會讓么弟一家人太委屈了。

兄弟間經過幾次的溝通協調後決定，往後兄弟每人出一些錢，當么弟的薪資及老媽的生活費。另外每個假日兄弟們要輪流回家陪媽媽，讓么弟可以回台北和家人團聚。

就這樣，兄弟們幾年來都照著當初的約定過生活。阿泉雖然是個大男人，但他心細如針，每天早晚一定帶著開水、推著輪椅，陪媽媽四處散步，或到附近鄰居家串串門子，聊聊天，話話家常。

他認為讓老人家散步，可以鍛鍊腳力，走累了就讓媽媽坐輪椅休息一下。另外，他也認為老人家應該多和年齡相仿的人互動，比較有共同的話題，這樣聊起來也比較開心，況且老人家透過聊天，讓上下顎多活動，又可活化腦細胞，對延緩失智症有極大的幫助。

他除了讓堂嫂每天有足夠的運動量之外，在飲食方面更是細心調理。他絕不讓堂嫂吃隔夜飯。另外，每種食物他都切得極細，且燉煮熟爛，以方便媽媽吞嚥。

我常覺得堂嫂能夠一直保有健康的身體，一切都要歸功家人細心的照顧。他們成功的經驗，或許可為許多家有老人卻為照顧問題煩惱的家庭，提共一個很好的方式。

105.2.12 《人間福報》

病房

父親晚年時，因生病曾數度進出醫院住進病房。為了要多陪陪他，他住院時我也會陪在身邊。

病房有時是雙人房，有時是四人房，有時甚至男女同房，就看醫院的大小，或當時病患的多寡。在病房裏，父親大都閉目養神，偶爾想起什麼，才會跟我聊聊。

我一直很珍惜和他相處的時刻。心想，能夠在父親身體違和、最孤獨無助的時刻，陪在他身邊，讓他多了一份安全感，是身為女兒必須做的。他休息時，我就在旁邊看書，默默地陪著，就怕自己轉個身，年邁的父親就離我遠去。

由於我一直待在病房，所以我看到了不同病友的故事。有一回深夜了，我聽到了很多急促的腳步聲，往病房裏衝。原來有位大約八十歲、穿著短褲和汗衫的阿伯，因車禍從急診室轉來病房。他一臉倦容，少了兩顆門牙，矮矮胖胖，頭髮灰白。

當一群醫護人員把阿伯移到病床上時，他們再三地對他的太太交代，今天晚上是阿伯恢復的黃金期，千萬不能讓他睡著了，要一直跟他講話，講什麼都可以，只要讓他保持在清醒狀況就好，若睡著了，他可能這輩子就醒不來了，所以要特別注意一下。

站在病床邊的老婆聽到醫生的叮嚀，頻頻點頭。當醫護人員離去後，太太坐在他床邊，雙手握住阿伯的右手，開始跟他講話。

或許是太累，或許是事情來得太突然，讓她六神無主，也或許她很緊張，很怕阿伯萬一真的醒不來，不知該怎麼辦，所以一開始說話，她有點哽咽，有點語無倫次，又是國語，又是台語，說什麼我沒有聽得很清楚。

幾分鐘後，她開始用台語學豬哥亮說話，有時音量提高，有時音量降低，有時哈哈大笑，有時說著說著就哭了。她努力地找話題，豬哥亮說完了，又說鄭進一和余天在電視上搞笑的橋段。

接著又學楊麗花唱歌仔戲，看得出來，她是使盡渾身解數，用說、學、逗、唱的方式，來講些有娛樂性、趣味性的話題，就是希望提高阿伯的興趣，免得阿伯睡著。

深夜三點後我睡了，但隱約中我還是聽到這位太太仍是不斷地、認真地在講話給阿伯聽。即使聲音已沙啞，她還是沒放棄任何機會。雖然她說得不是很精彩，有些故事還是兜不起來的，但她的盡力、她的用心良苦，還是讓我看了鼻酸。

天亮時，一群醫生來巡房。一位高高壯壯的中年男醫生，彎下身來撥開阿伯的眼睛，順便問他：「阿伯！您現在感覺怎麼樣？」一開始阿伯沒反應，醫生再問，結果阿伯先是伸了一個懶腰，然後回答了幾句別人聽不懂的話。

當醫生看到阿伯有反應、能開口說話時，笑著跟阿伯說：「真好！真好！」接著告訴床旁一晚沒睡、身心俱疲的阿伯老婆說：「您放心！阿伯沒事了！」這位太太一聽，不知是太高興，還是她的壓力終於解脫了，忽然忍不住地掩面大哭。

我立刻走上前去，給她一個大擁抱，拍拍她的肩膀，告訴她：「辛苦您啦！阿伯終於平安了！」當她慢慢地停止哭泣，如釋重擔般地深深吐了一口氣時，我趁機送上一杯熱茶。她邊抹眼淚邊接過茶，那一刻我看到一個身為太太的，即使上了年紀，但為了丈夫的平安，所表現的過人毅力和智慧，會是如此地驚人。

一個星期過後，阿伯帶著眾病友的祝福，平安地出院了，換來一位還在就讀國三的男學生。聽說他是趁暑假深夜去飆車，因為還沒有駕照，看到警察臨檢一時心慌，就撞到路邊欄桿，造成右大腿骨折。剛做完手術，所以送進病房來。

他是清晨送進來的，身邊有位四十多歲、很瘦弱嬌小、留著短型瀏海、滿臉憂心憔悴的女人，她是孩子的媽。

她邊幫兒子把床單及枕頭喬好，讓兒子躺得舒服些，邊問兒子餓不餓、想吃什麼。一開始兒子裝著沒聽見，過了一會兒，兒子便大聲地吼著：「不要吃！我什麼都不要吃！妳快點走，我不想看到妳。」

他們的對話在清晨的病房，聽來特別令人感傷。看起來兒子是叛逆的，媽媽是無助難過的。之後這位媽媽每天上下班時，會過來看看，順便帶些吃的、用的，然後交代兒子，有什麼事就電話連絡。一切都要等到兒子點頭後，她才會離開。

據護士小姐說：「這個孩子叫小倫，八歲時父母離婚，爸爸另築新窩，留下他和弟弟以及阿嬤。」

媽媽是從事房仲業的，所以工作很忙，為了配合顧客看屋的時間，有時很晚才能回家。正值慘綠少年的小倫，不能體諒媽媽為了一家生活的辛苦，經常翹課玩網咖，甚至瞞著媽媽騎同學的機車去飆車。

他的一些脫序行為，讓忙碌的媽媽無法招架。媽媽為了他，經常出入派出所或學校訓導處。

小倫在同學面前一直很愛炫耀、很愛面子，所以這次發生這麼嚴重的車禍，讓他覺得自己太遜了，飆個車還會出車禍。因心情不好，於是對媽媽說

話口氣就很衝。

或許是年輕人體力好，恢復得快，才住院沒幾天，他就可以下床，撐著柺杖慢慢地走路了。每天在病床上，他除了滑手機、講電話之外，就是在發呆，不知在想什麼。雖然醫護人員要他多下床走走，來幫助腳傷的恢復，但他不願意，他認為自己又不是老公公，為什麼要拄枴杖，那會笑死人的。

儘管他的表現很叛逆，但經過幾天的相處後，我發覺這孩子本性不壞，只是他找不到宣洩的出口。每次看他對媽媽大聲說話，讓媽媽低聲下氣的，但媽媽離去後，他會一臉茫然，看著媽媽的背影在大門口消失時，會低下頭抹眼淚，可見孩子對媽媽還是存有感激之心的。

有天下午在幾位同學來陪他後，我看他心情特別好，我趁機走上前說：「帥哥！你的同學們都好酷喔！年輕真好，充滿活力，笑得開懷又燦爛，你們都是陽光男孩。」

他聽完後開心地回答：「對啊！只是我不知道什麼時候才能跟他們一起上課、一起去玩。」我告訴他：「只要你多下床活動，並把你媽媽每次送來的大骨湯喝完，很快就可以出院了。」

我看他滿心歡喜，眼神裏充滿了恢復健康的期待，又順便告訴他，覺得無聊的話，我這邊有書，可以翻翻看，既可打發時間，又可讓心靜下來，享受閱讀帶來的樂趣。

他聽完後猛點頭，此後他經常向我借書來看。一開始他有點按耐不住，隨便翻翻看不到幾頁，就把書擱著換滑手機，滑一滑又把書拿來翻翻。

或許是我的書以溫馨的勵志小品以及名人傳記為主，每篇小品字數不多，故事卻完整，所以比較吸引人。看了幾本後，我發覺他已慢慢地看出與趣了。看完一本會主動向我再借，我甚至把他喜歡的三本送給他，讓他往後可溫故而知新。

小倫在醫院住了快二十天，在這些日子裏，或許很少跟外面接觸，讓他可以靜下心來看看書，想想自己的所作所為。因心靜所以脾氣也變得比較溫和，說起話來不像剛進來時，一副桀驁不馴、給人很不友善的感覺，現在的他早上一起床，就會跟大家打招呼。出院那天，還向大家揮手，並祝大家早日康復。

希望這次的意外能讓他改變，不再有越軌的行為，能讓他成長，多關心媽媽，多分擔媽媽的辛勞。我心想若真能如此，豈不是因禍得福？我衷心地給予祝福。

病房就是這樣，讓生病的人住進來療養，病好了就離開，再換另一個病人來住。那天住進來的是一位四十多歲癌症末期的婦人，她看起來不會很虛弱，感覺精神蠻好的。身邊兩個念國小的兒女，大概不知道媽媽的病情，所以每次來看媽媽時，都在走廊上追逐，玩得很開心。

他的丈夫長得高高瘦瘦的，看起來很年輕，聽說自己開了一家公司，經營得很好。他戴著黑框眼鏡，很斯文，很有禮貌。他話雖不多，但可從他無助的眼神看出，他對太太的病是多麼的憂心和茫然。

他每天陪在病床旁，不是靜靜地握著太太的手，聽太太說些家務事，就是在旁邊透過筆電處理公司的事。儘管太太常提醒他，工作要緊，自己沒事的，但他還是寸步不離。

這位太太每次化療時，都會因藥物的反應發生嘔吐的現象，整晚無法安眠。他的先生也都在身旁，無微不至地細心照顧，拍拍背、按摩按摩，就是希望這些動作能讓太太舒服些，好安然入睡。

或許是他承受著難以言喻的痛，加上日夜的煎熬，太太才住院沒幾天，他就瘦了一圈，頭髮也白了很多，一夜之間從壯年變成無精打采的老人。看到他的絕望神情，我第一次體會到病痛帶來的折磨最是損人，即使不是當事人，也一樣受著無形的摧殘。

太太經過十數天的療養，病情漸漸穩定了。此時太太希望出院，她認為在家休養會比醫院好。畢竟醫院病人多，進進出出的，不如家裏安靜自在。出院那天，她先生貼心地推來輪椅，帶來漂亮的衣服，還送了一束花，要她以重獲新生的心，歡歡喜喜、漂漂亮亮地回到他們溫馨幸福的家。

目送他們漸漸遠去的背影，我雙手合十，虔誠地祈求上蒼，讓她永遠平平安安吧！

父親的病情一直沒什麼好轉，在病房裏除了吃藥，就是打點滴。偶爾他會抱怨：「我好好的，不痛不癢，為什麼要讓我來住院，讓家人擔心，我還是出院回家吧！」

每一次只要父親想回家，家人就順著他，下回他不舒服時又再住院。每次在病房陪他，他看到來來去去的病人中，有的人平安回家了，有人因此走完了一生，他都會很感嘆生命的無常。

他不只一次地告訴我，每個人的生命都是向上帝租的，租約期到了就被收回去。然而在生命的過程中，難免有病痛，只要不是大病痛，修補一下就好了。若是真的修不好，也就順其自然還給上帝。

或許是我深知父親的病情，知道父親的生命已一點一滴地在消失，只是他不知情而已。所以每當我聽到他對生命的豁達時，眼眶會潤濕，把握住他的手抓得更緊更緊。

或許是我的動作讓他感受到我的不捨，也或許是他知道自己身體的變化，食慾越來越不好，體重越來越輕，是不祥的預兆，所以每一回總會說：「傻女兒！人的緣分是有限的，不管父母、子女或兄弟姊妹，緣盡了就會分開，緣來了就會相遇，這些都是天意，半點不由人，不是嗎？」我聽了只能無奈地點點頭，表示認同。

本來以為在病房裏，只看到生命的無常，病痛帶來的無奈，沒想到父親在有意無意間，幫我上了一堂人生必須修習的重要課程，那就是學會放下和面對。

病房裏就是這樣，有人出去，又有人進來。從不同的病人中，我看到不同的故事，因為每個人的環境不同，遭遇的病情也不一樣。

在病房裏，處處可看到親情的可貴與偉大。多少人為了照顧親人，擔心受怕卻無怨無悔，恨不得能以身相替，來分擔病人的痛苦，那種親情的溫暖，會讓病人感覺更窩心、更感動。

進出病房後，最最讓我意外的是，在病房裏因為看得多，無形中讓我學會了，當病痛來臨時該如何面對、如何坦然接受，這些很重要但老師卻沒教的生命課題。

105.10.6

人間愛晚晴

又看到江老師兄弟姊妹六個人一起去爬山。他們六人中，年紀最輕的小妹是七十歲，大哥是八十五歲。

十五年前他們的父母過世後，江大哥就提出往後兄妹們每年至少要一起出國兩次，每個月至少聚會一次的構想，結果兄妹們都非常支持。

江大哥的意思是怕父母沒了後，兄妹之情會因此越來越疏遠。加上大夥兒會因年紀漸長和分住各地，而少了聯繫和互動，影響了彼此的感情。也有感於很多身邊親友都在沒有父母之後，大家形同陌路，因此很積極地說服大家。

當時當江大哥提出自己的構想時，兄妹中有的已退休，有的還在工作；有人生活較寬裕，有人生活條件差一些；有的住南部，有的住北部，所以基本上有它一定的難度。

經過溝通協調後，他們成立了一個兄妹旅遊基金。每個月大家不具名地自由樂捐，包括他們的下一代，這樣可保全個人隱私。每半年結帳一次，以基金的多寡來決定要旅遊的遠近。除去所有的開銷，多出來的就留到下一次。

就這樣，他們兄妹多年來就以這樣的方式在出遊和聚會。從北到南，從南到東，都有他們旅遊的足跡，以前是錄影存證，現在是製成光碟，為兄妹留下手足親情的見證。

每當看到他們一次次的歡欣出遊時，我都會很感動，也很羨慕，因為要出一趟遠門，對收入比較低的人難免有困難。但是他們為了成全彼此，有人會不著痕跡地多出錢，有人會在旅遊途中悄悄為某些花費買單，只希望大家玩得很開心，這輩子沒有遺憾。

過去我曾參與其中，目睹他們兄妹相處，就像天真無邪的孩子。吃飯時當兄姊的幫弟妹們盛飯夾菜，搬行李時弟妹們又搶著幫兄姊服務，大家感覺就像孩子般非常親密。

常覺得能成為兄妹是福氣，而懂得珍惜更難得，因此趁大家健在時多互動是件好事，畢竟時光只會往前走。

105.3.11　《人間福報》

殘缺的愛，不變的情

上個周末去參加了一場婚禮，是在社區活動中心，應新人的要求，會場要低調不鋪張，所以只有幾盆花，和一束束的彩色氣球，很典雅、喜氣和熱鬧。婚禮不宴客，現場備有喜糖，讓社區的鄰居們來觀禮並分享喜悅。

新郎凱傑年近四十，自小失聰，是家中獨子，從事設計的工作，身子高瘦，家中經濟不錯。

新娘欣儀三十有二，面貌清秀，雙腳因受罕見疾病的影響，萎縮嚴重，須靠輪椅代步，是位美甲師，有自己的工作室，收入穩定。

他們是十年前因參加殘障朋友的活動而認識。在交往的過程中，男方家長反對，他們認為凱傑本身因失聰，需要他人的照顧，已經很麻煩了，要是另一半不能照顧他，還要凱傑來照顧她，這樣的婚姻不會幸福。

女方家長則認為，欣儀行動不便，有時需要幫助，對方又聽不到，不能及時地伸出援手，這樣不如不結婚好。

儘管兩方家長極力地反對，兩個年輕人先是努力地說服，但一直不被支持，所以他們不再要求父母，只求兩顆相愛的心堅持不變。

凱傑平時上班，工作之餘常到欣儀的工作室幫忙，憑著他對設計的專業，一些圖案透過凱傑的巧思，變得時尚又特別，很得一般消費者的喜愛。在一傳十、十傳百之下，欣儀的生意變好了，收入也增加了，無形中兩個人的感情也更穩定了。

為了要讓彼此互動更方便，這幾年欣儀努力地學手語，讓兩人溝通零障礙。兩年前凱傑設計的作品得獎後，有人要來拜師學藝，或請他去「演講」教授經驗，此時欣儀成了他的代言人，幫他發聲表達一切。

由於他們的堅持和努力，發揮各自所長，展現出天衣無縫的互補，帶來意想不到的好效果，家長們終於點頭接納對方。

就這樣，相戀十年的愛情終於修成正果。新人在感謝之餘，要把婚禮省下來的錢捐給殘障機構，幫助需要幫助的人，大家聽了都給予最熱烈的掌聲和祝福。

104.12.23 《聯合報》

生的養的一樣偉大

前幾天去參加好友秀芬女兒小梅的婚禮。由於雙方都很低調，所以只有至親好友參加，因為這些人是這對新人必須認識的。

秀芬婚後一直沒生育，公婆希望他們夫妻能收養個孩子，讓家裏熱鬧些。有一年她夫家的遠親因難產不幸過世，留下一個初出娘胎的女嬰。由於女嬰已有兩個小哥哥，她的父親實在無法照顧三個嗷嗷待哺的兄妹，於是希望有善心人士能領養這個小女嬰。

就這樣，透過親人介紹，秀芬夫婦收養了這小女嬰，並幫她取名小梅。小梅來到新家，備受父母的疼愛。

由於小梅母親的健康關係，所以小梅是早產兒，先天上身體就弱些。雖然秀芬夫婦是新手父母，但夫妻對小梅的照顧是無微不至的。

秀芬為了要專心照顧小梅，辭去工作，做個專職的媽媽。由於小梅體弱多病，所以在成長過程中，一開始進出醫院是常事，但秀芬夫妻總是輪流照顧，毫無怨言。

從小梅小時候起，秀芬夫妻就常常帶著她回家，讓她和生父互動。小梅的生父看到小梅能被這樣有愛心的父母領養，既開心又感動，感謝他們視小梅如己出，還給小梅最好的教育及生活環境。

小梅進入小學後，身體慢慢地健康了。她乖巧懂事，對生父和養父母都很貼心。小學高年級後，她如開竅般，學業成績突飛猛進，國中、高中都是資優班。

或許是她的成長環境特殊，所以大學念的是心理系，畢業後還到國外進修，學些更專業的知識，回國後在某大醫院工作。

她因為有好對象所以要結婚了。結婚那天生父希望養父牽她的手走紅毯，而養父卻覺得由生父來牽比較合理。

結果小梅要兩位爸爸一起牽她，在婚禮上，小梅感謝生父給了她好學的基因，更感謝養父母對她的寬容，以及百般呵護和教導，讓她學有所成。

她覺得自己是最幸運的新娘，有兩個一樣偉大的爸爸，讓在場的人很感動，並給予最深的祝福。

105.2.17 《人間福報》

家是情多於理的地方

爸爸過世後，偶爾我會去拜訪他生前的朋友們，他們都近一百歲了，而且身體硬朗。

那天去看一位世叔，他從小和爸爸一起長大。長大後雖各奔前程，成家立業，但退休後又回來鄉下住。

每天午後他一定和幾位世伯到家裏來陪爸爸喝茶聊天，大家情同手足。我們兄弟姊妹也把他們當爸爸一樣尊敬。

那天到了他家，我發覺他家很熱鬧，因為是暑假，內孫、外孫、兒子、媳婦、女兒、女婿，無論國內的或國外的，時間允許的都回來歡聚一堂。

記得當時三合院裏，媳婦、女兒都在廚房忙，兒子、女婿就在禾埕邊，洗菜切菜、切水果裝盤，再打掃清理祠堂，然後擺桌椅、碗筷。小孫子也不得閒，放飲料、裝茶水。大家像訓練有素的士兵，忙中有序，各司其職，不一會兒功夫，四大桌的菜都上好了。

用餐時沒有喧嘩，每個人靜靜地享受著姑嫂們的傑作，品嚐著不同的佳餚，大家洋溢在幸福溫暖中。飯後一眨眼功夫，桌椅、碗筷一切迅速歸位，恢復正常，禾埕又變得空曠了，孩子們開心地跑跳追逐，好不開心喔！

在和世叔閒聊中，他不只一次地表示，四代同堂要很和諧真的不容易，需要用心經營才能長久。他常告訴子孫們，家是情多於理的地方，家事是一家人的，沒有誰該做什麼、誰不該做什麼。

媳婦做的婆婆有空也要參與，兒子做的爸爸也可以幫忙。每個人的強項不一樣，廚藝好的就下廚，另外的人可以做採買或打掃的工作，每個人對一個家來說，都是很重要的。更何況人多好做事，團結就是力量，工作效率就高。

一家人只要有一切都為了家裏好的共同向心力，不分彼此，隨時隨地付出，即使力量不大，但累積起來就很可觀，有了可觀的力量，要維持一個幸福美滿的家，就容易多了。

我覺得世叔的話是他近一世紀來累積的寶貴經驗，值得學習，所以和大家分享。

104.9.28《醒世雜誌》

開心美食小站

我家住的這條巷子不寬，約有六百公尺長，都是老住戶，大家感情非常好。一些已退休的婆婆媽媽，都一起運動、當志工，到處遊山玩水，大家親如家人。

有天她們閒聊時，忽然有人說：「現在人平均年齡都八、九十歲了，我們現在才六十出頭，往後還有二、三十年的時間，我們是否該想想怎麼利用它？」

這番話讓大家認為很有道理，於是紛紛提出不同構想。其中以「如何開創事業第二春」大家最有興趣，不是為了賺大錢，而是為了打發時間，又有一些些的收入，來滿足離開職場後的小小成就感。

就這樣，有四位已經沒有配偶、子女又不在身邊的媽媽，她們想開個小吃店。由於她們個個對美食有興趣，有人擅長烤酥餅、各式餅乾、咖啡泡得一級棒。有的小菜做得好，色香味俱全，營養又好吃。有的擅長各種麵食和滷味。她們覺得只要把大夥兒的看家本領拿出來，開個小吃館不難。

有了初步的構想後，巷口的張大姊說，她子女都在國外，樓下的房子都空著，就拿來當店面好了。

有了店面後，她們評估一下，買冰箱、桌椅、鍋碗瓢盆等等的費用，預估要十幾萬，於是每人先拿出五萬，多出來的就留著，以備不時之需。

就在四位娘子軍同心協力下，一間乾淨高雅的「開心美食小站」誕生了。一開始她們把印有小吃項目和價格的傳單分送給路過的人作為廣告。

她們每天清晨五點就到店裏，兩個負責賣早餐，另外兩個到批發市場採買需要的食材。每星期天公休，每星期輪流一次採買，每天的帳目透明。

早餐約十點結束，接著賣午餐，每人工作分配好，雖然客人很多，但她們流程順暢，所以得心應手。兩點過後清洗碗盤，結束一天的營業。

小站在她們認真努力下，每人每月可分約五萬元的盈餘。誰說青年創業才有前途，我認為只要用心，初老族創業同樣看好。

104.7.13 《聯合報》

最帥的父親

作　　者／劉洪貞
出 版 者／生智文化事業有限公司
發 行 人／葉忠賢
總 編 輯／閻富萍
封面設計／黃建中
地　　址／新北市深坑區北深路三段 258 號 8 樓
電　　話／(02)26647780
傳　　真／(02)26647633
E-mail／service@ycrc.com.tw
網　　址／www.ycrc.com.tw
ISBN／978-986-5960-13-1
初版一刷／2017 年 4 月
定　　價／新台幣 250 元

總 經 銷／揚智文化事業股份有限公司
地　　址／新北市深坑區北深路三段 260 號 8 樓
電　　話／(02)86626826
傳　　真／(02)26647633

國家圖書館出版品預行編目（CIP）資料

最帥的父親/ 劉洪貞著. -- 初版. -- 新北市 ： 生
智, 2017.04
面； 公分

ISBN 978-986-5960-13-1(平裝)

855 106004384